INK

文學叢書

080

香港的白流蘇

于青◎著

目次

情寄油麻地

香港的四月，是最濡濕的季節。人在這個季節裡百般不是。想休息，沒有理由，一年還沒有過幾天呢？想幹下去，又沒有盡頭，連老天都給你攪纏著，你還能信那沒有光亮的明天？更何況，詩人們是稱四月爲死亡的季節。

在這個季節裡，到了晚上，便更是萬象紛呈，尷尬百現。換季的服裝和過季的服裝一股腦地呈現在商店的店面上，失去了季節的分別，就顯得越發混亂。讓人無端地氣餒。本來嘛，香港就沒有什麼季節的明確分野，這樣一來，就更顯得漫漫無季沒有盡頭了。於是，在這種尷尬的季節裡，便只有一個想法，快去蘭桂坊，喝上一杯血紅瑪麗，先把神智掐死，人，沒有了感覺才好過一些。

香港香港，眞正的萬人迷，有那麼多人喜愛它，自然就有它存在的理由。不說別的，單是油麻地這塊容納百物的所在，就很能代表香港的特色。

喝上一杯血紅瑪麗，先把神智掐死，人，沒有了感覺才好過一些。

一排算命的攤子，幾排稀奇古怪的小吃，還有凌亂的文物攤，更加幾圈圍在一起說不上是義唱還是賣唱的粵劇小調，都能讓人忘掉就在它身邊繚繞的現代的五光十色。

白流蘇最愛的就是在四月的晚上，就著那種帶有腐爛氣味的夜風，到油麻地去吃一種叫做炸蘿蔔糕的小吃，那是整個油麻地裡最地道的上海小吃。有這種蘿蔔糕在胃裡墊底，流蘇就有一種到家了的溫暖。那蘿蔔糕的溫香，令她想起了少女時在上海與女朋友站在城隍廟吃小吃的愜意情景。

什麼是老年，老年就是一個把過去當做今天來過的年紀。

身在油麻地的流蘇，思緒已全部被帶進了少女時代。少女時啊，不用數手指頭，流蘇就能知道已經是大半個世紀過去了。

怎麼自己總是不覺得老呢？在想像中，白流蘇從四〇年代開始就已經老了，老得不再在意身邊的世象，不再關心這個世界從哪裡來要到哪裡去。

可神智總是清醒著的。清醒了半個世紀也沒有糊塗。也許是從那年范柳原離開後她就不肯在人世上用心的原因吧，那時她就把自己看成老人了，老人對社會沒有過高的要求，就這樣過活吧。

但是，誰都沒有想到，包括流蘇自己也絕沒想到，她在不知不覺中就已變成了香港島上的人。而且是生活較為殷實的人。完全是上天想成全她了，讓她在年輕的時候，受了太多別的女人所沒有受過的情感之苦，便在後來的時間裡讓她一路順遂。再也沒有折磨地走到今天。

流蘇應是典型的淑女出身，她天生適合的就是一個大家閨秀的身分，如果上天假以她合適的機會的話。但自從經了范柳原的手，她好像整個就不一樣了，不是她自己的原因，而是她的周遭的眾人的眼光。人們的眼光是可以造就一個人的。除非這個人是一個天生就能阻擋住人間煙火的超人。

想一想，她就會無來由地歎一口氣，行吧，這一輩子。她以爲已經是千瘡百孔的心，到頭來也能心如止水，如白板一塊。何況，她就沒肯在經營商貿啊方面動心思，懶懶的，懶懶的，銀行裡的數字就上去了。

其實，她的成功很簡單，是時代要成全她的。先是在香港房地產不景氣的時候，糊裡糊塗跟人在銅鑼灣買了幾間街面鋪子，又聽人的參謀在樓市最高時賣出並買進了香港最有潛力的股票。買了就買了，放在銀樓的保險箱裡全忘了。忘了就忘了，又偏在股市最好時想起來。連她自己也不曉得就發了橫財。

成也蕭何敗也蕭何。都是這個香港，當年因爲經濟原因，她決絕地離開上海的老屋，跑到香港來賤賣。是的，當時就是賤賣也沒有好的下場，成全這一輩子，她以為已經是千瘡百孔的心，到頭來也能心如止水……
懶懶的，懶懶的，銀行裡的數字就上去了。

她的不過是一場短暫的戰爭。成全她後，戰爭消滅，無形的戰爭才在她身邊漫漫無際地展開，持續了半個多世紀。

現在，在她已經近八十老齡的時候，就像回光返照一樣，她覺得她最近的思維跑馬場一樣的熱鬧。尤其是對少女時期的事情，簡直歷歷在目。這絕不是什麼好兆頭，人都說總想往事的人才是老人。這話對極。

對白流蘇來說，忘記過去是她能夠支撐到今天的祕訣，過去只在許多具體的食物和景觀中顯現著，然而每當它一露頭，流蘇就會決絕地將它們掐死在蠢蠢欲動中。

現在不行了，不是忘記，而是成心要往外拖。這還不夠，還在滿香港地尋找舊時時光的遺跡。

香港香港，眞是一方風水寶地。在白流蘇的眼裡，就是她心中的上海。

一貫深居簡出的白流蘇這幾日卻連連往油麻地跑，連跟著她多年的傭人小香也有些吃不消。

小香是流蘇在當年買街面鋪房時撿來的鄉下孩子。因爲被一塊橫梁掉下來打了腦子，便一直停止了生長，幾十年來一副小姑娘的袖珍模樣。簡單的煲湯燒飯也會些，天天拿著抹布，見灰就抹，倒是最省心的傭人。因爲沒有腦子可動，反而另有一種乖巧，流蘇身邊的其他傭人都無法替代她。

但小香看到流蘇整天帶她去油麻地聽粵劇，咿咿呀呀的，聽不出是什麼，好像很久以前她在鄉下聽過的一樣。小香不喜歡。小香喜歡聽街面上一些很有節奏的調調，咚、咚、咚，把她聽不到的心臟的聲音給放大了。這時，她就會覺得腦子裡好像有東西在蠕動。像蠶蛹編製蠶衣一樣，很微小的蠕動裡，就會有密密麻麻的思想的小線條穿過來走過去。這之間她好像看見

像蠶蛹編製蠶衣一樣，
很微小的蠕動裡，
就會有密密麻麻的思想的小線條穿過來走過去。

了以前的老屋，有很多穿大襟衣服挽髮髻的老女人。

但每每定睛一看，就什麼都沒有了。眼前只有女主人白小姐白白的糯米糍團樣的安詳的臉。她看到這張臉心就化了。她別的記不得也記不清了，只記得是白小姐把她養大，一直帶著她，從銅鑼灣到尖沙咀，再到半山，到那座建在淺水灣的白公館。

連續幾個星期了，白流蘇帶著小香往油麻地逛，毫無目的地，也不知在尋找什麼。

夜深時分流蘇回到半山皇宮一樣的住宅裡，自己問自己，你到底在找什麼？

答案是否定的。

她要找的東西，篤定是沒有了。

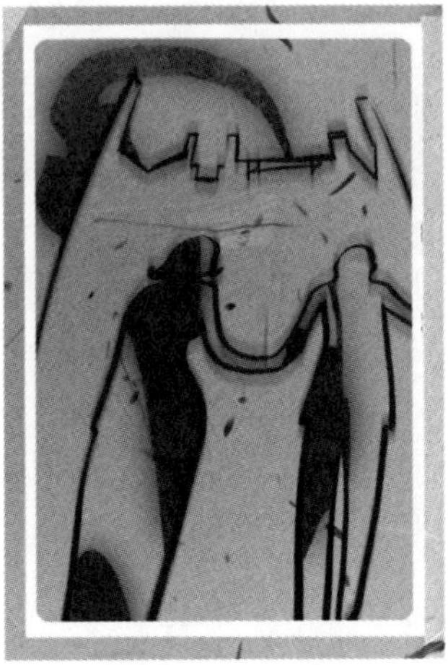

半生情史

范柳原已經死了。

最初聽到他的消息是在幾年前。

幾年前？兩年？三年？都記不得了。流蘇不止一次地發現，她就有這個本事，凡是她不想記的東西，也就是她不喜歡的東西，她都能把一整遭的事情全部忘記。一點兒也不記得。就像現在，老了老了，想要回憶一下曾經與她有過關係的兩個男人，也就是第一任和第二任丈夫，她居然都記不起他們的模樣來。在她的眼前晃著的，只有她最後一任丈夫齊致遠一人。

齊致遠，比她小了六歲的第三任丈夫，是她當時最沒有信心的丈夫，卻眞的陪了她後半生。

是了，是齊致遠不讓她回憶她的前兩位丈夫的。流蘇在心裡對致遠說，行了行了，你在時我也的確沒有想過這些勞什子們，現在對你也沒有什麼影響，也就是回顧回顧吧。你就讓我的腦子好使一點兒吧。

最初聽到范柳原去世的消息時，白流蘇一點兒反應也沒有。就像當年在香港初次看到范柳原帶著他的英國情人逛蘭桂坊一樣的沒有反應。但沒有反應恰恰是流蘇最大的反應。流蘇的感情是瓶頸極小而容量極大的釀酒筒，最初的流量很小，但流得興奮起來便不可阻遏。其實流蘇自己也不曉得，她的這一生，因爲有了范柳原，就基本上把她給鎖住了。

但是那一天，當以前的一個親戚，香港的一位老報人黃先生帶著范柳原留給她的信來找流蘇時，流蘇眞的很淡漠。淡漠得令她自己也吃驚。可是，感情是裝不來的，她無法讓自己對范柳原的事情有興趣。

就連多少年後范柳原居然找到了她的電話，在電話中好像沒有任何時間和事實的變化，一如既往地稱她爲流蘇時，她的反應就是沒反應。

當年，在半島酒店見到范柳原帶著他從上海帶來的上海小姐時，她也僅是淡淡地看了一眼。

後來，范柳原來找白流蘇時就說：

「你那一眼睛，能讓一個多少還有點兒人心的男人恨不得一頭撞死。」

范柳原當然沒有撞死。他活得最值。在這個世界上，他是很少見的自己爲自己活的男人。一個標準的自私的男人。男人，多多少少都有責任心，不爲自己的老婆，也爲自己的情人。然而，他范柳原是徹底爲自己。換了別人，白流蘇是會欣賞的。恰恰白流蘇也是同樣的人，這就讓她不由得不牽絆和勃谿了一輩子。

初跟范柳原來香港時，是迫於家庭的壓力。那種寄人籬下的被鄙視的感覺，使白流蘇任誰也會跟了去。何況當初的范柳原對她還有愛，雖然愛得吝

「你那一眼睛，能讓一個多少還有點兒人心的男人恨不得一頭撞死。」

嗇，愛得錙銖必較，最終還是愛出了「傾城之戀」。但惟其這愛的不易，才使流蘇當眞以爲這是自己的最後之戀。

沒想到這傾城之戀也只維持了不到一年。

爲了這一年，流蘇心已死去了十年。范柳原早已死在流蘇的心中。范柳原是死在英國。他的老朋友黃先生將范柳原的一包信帶來時，白流蘇便眞的相信了。

白流蘇的最後一個丈夫齊致遠還小她幾歲，也沒有活過她。現在想來對范柳原死去的消息當初沒有反應，還是因了丈夫的病重。

流蘇一生三次嫁人。每一次，都使她的生活有了一種翻天覆地的變化。第一次在上海，她少不省事，輕言離婚。不想她回到白家時白家已不是她女兒家時的白家。整日價的風霜刀劍，逼著她又抓住了機會隨並不老實的范柳原跑到香港賤賣，卻在渾然中成熟了她的情感。但當她成熟的情感飽飽滿滿的時候，當她剛剛嘗試著忘記了自己的傷痛而專心愛一個人的時候，卻又被這人重重地傷到了感情深處，傷了元氣。她和范柳原的千瘡百孔的感情仗啊，讓她想起來就要無奈地閉上眼睛。

世間無愛，這是她當初最簡單的感受。

好了，第三次嫁人她沒有愛情。但她過得最好。她不相信什麼愛情了，才和在一起住了幾年的經紀人齊致遠悄悄登記結婚。

一點兒都不浪漫。

齊致遠當然知道流蘇的底細。

因爲懂得，所以慈悲。齊致遠甚至都不需要流蘇的離婚證明，他願意守護著這個有節制的上海女人。許多回有太多的理由要發作的事情，這個女人都忍隱著，端的是有一種少見的大氣。這是一般女人所沒有的氣象。只有上海女人才有，雖然有這種氣象的上海女人並不多。而且越來越少。

齊致遠當然知道，到底什麼樣的女人最適合當太太。年齡對所有的女人都是一樣的。沒有人會越過漸老的歲月一直常青。但白流蘇的理智和清明使她的歲月常青不老。他不會告訴她他喜歡她的祕密。

白流蘇當然知道。好的搭檔是不需要解釋相互喜歡的理由的。促使白流蘇嫁給齊致遠就是因爲他沒有甜言蜜語。有時他甚至還會幽默地嘲諷她的小情趣。誰知是不是這種調侃，恰恰投其所好，讓流蘇篤定心要與致遠過下去。

白流蘇暗暗對自己說，你還要什麼。會對你說好聽話的男人對別的女人也會說，任是再有度量的女人也承受不了同一個男人把同樣受聽的話說給不同的女人聽。齊致遠不說，給別人說不說白流蘇不知道，但沒對她說過就行了。

所以，兩個人眞正地相濡以沫了近半個世紀。在范柳原客死他鄉不久後，齊致遠也患了不治之症，於去年仙去。

白流蘇才忽然有了跑油麻地的反常的熱情。

四月的那一天，她身著檸檬黃的中式對襟毛麻寬外套，穿今年最流行的敞腿玄色緞褲，同小香一起，仍舊流連在油麻地的粵曲攤前，傾心聽著舊時的曲子。她私下認爲，她的這一身打扮最適合這個地方。

香港這塊寶地的奇妙之處就在於，它既能最前衛地跟隨時尚生活，又能最原汁原味地保持著最有格調的舊日時光。這對一個飽經歲月滄桑的人來說，是最好的生活環境了。舊能回溯過往的一切，今能享受當下的便捷。

就像她現在，與小香一起，手拿著炸得油漬麻花的蘿蔔糕，可以擠在人群中消消停停地享用著時間的停止，在恍恍惚惚中好像又是最初來香港時范柳原帶她到油麻地的時候。

不，還更早一些，是她乘的輪船靠邊碼頭時，她見到的香港。那是個火辣辣的下午，望過去最觸目的便是碼頭上圍列著的巨型廣告牌，紅的，橘紅的，粉紅的，倒映在綠油油的海水裡，一條條，一抹抹刺激性的犯沖的色素，竄上落下，在水底下廝殺得異常熱鬧。

當時流蘇就想，在這樣誇張的地方，就是栽個跟頭，只怕也比別處痛些。事實是確實比在別處痛些，也惟其痛得厲害，最後的轉機也格外地壯烈。

眼前咿咿呀呀唱曲的人的服飾沒變，身邊的人兒也只顧著自己享用自己的。在粵曲飛短流長的音律裡，流蘇的思緒被抻了出來，像亂了線的線團，哪裡哪裡都是頭緒。

那個時候，她的心和神都在范柳原身上，爲了他能夠帶她到油麻地來尋找道地的上海小吃，就以爲這是一個很懷舊的人，從而認爲把自己交給這樣一個念舊情的人會很保險，「良人者，所仰望而終生也。」她怎麼也料不到，范柳原的壞裡還有一層教人

謀求最低生存的無意的善意。

應該說是善意吧。

是不是他在那個時候，在與流蘇手挽著手，吸溜著吃蘿蔔糕時，就考慮到他把流蘇扔掉後流蘇至少可以學這裡的人一樣來討生活。

上海人啊，壞得就是有分寸。不讓人絕望，也不讓人存在過分的念想。這范柳原分明是上海的精魂，雖然他並不是上海人，但他把上海人的精到，把那一套排排場場地應付人生，具體地說就是應付女人吧，全學到了，比真正的上海人還到位。

白流蘇自己是上海人，她離開了上海，便越發感覺出上海人做人的精致和周到。上海人是不肯像別處的人那樣大而化之自己的人生的，都要把自己的一生安排得像冬日裡的嚴絲密縫的被筒一樣，不能露進一絲的寒風。

這范柳原分明是上海的精魂，雖然他並不是上海人。

流蘇的骨子裡有一股認定的宿命感。她所受的那些教會教育全化做了命定的隨和。半個多世紀來她常捫心自問，她是不是因爲太相信了命運，居然從沒有想過要拴在男人身上做寄生婦女，一刻也沒有。

眞的沒有。就是當年跟了范柳原到香港來，是有要投奔他的意思，卻也沒有從此要吃定他的奢想。她的白公館的家人都以爲她能夠不顧名聲而跟了范柳原，是圖了他的不薄的遺產，那眞是對她的低看。白流蘇什麼時候看重過錢。不錯，她對經濟利益考慮得很周到，那是生活逼的，但周到不是非要不可。她最後能夠下決心跟上范柳原，一半出自對范柳原知遇之恩的驚寵，一半出自對白家的賭氣。說穿了吧，支撐了她逃出來的，更多的是女人的虛榮，一種能夠降服一個男人的虛榮。

就連白流蘇少年時的好朋友都以爲她白流蘇委曲地嫁給范柳原，是因爲要找到一個長期飯票。這從根本上就沒有了解白流蘇的爲人。不過，好像白流蘇從來就不寄希望讓別人了解自己。以她不夠老到的處事經驗，讓別人了解自己，還不如不了解自己。那些傷人心的人，不都是最知己的人嗎？

她是自私的，但還沒有自私到與一個她還心儀的男人鬥心智。她有一種天生就能順隨不同男性的本能，是上海女人的了不起的求生的本能。這不能算小心眼。這是一種能力。一種使羅馬一點一點建成的能力。她與范柳原的傾城之戀，只能算是用了一點點的能力。但也不過如此。她也是上海的女人，就算是精明也是有節制的。她和范柳原的羅馬之城是因爲范柳原單方面的棄約而毀之一旦。

是的，只能是范柳原單方面的棄約。

就是當年從上海跑出來，她也是在對等地出賣自己的人身。若不是這裡

她和范柳原的羅馬之城是因為范柳原單方面的棄約而毀之一旦。

還有天理存在，怎麼會用毀滅一座城市的代價來成全他們這兩個各有打算的自私男女？

蘿蔔糕在手裡已經乾化了，粵曲攤檔上的曲子也唱完了，圍著的人群也散了。小香愣愣地望著姑姑，兩條好看的眉毛擰成了八字。

流蘇回過神來。

這虛無飄渺中，一瞬間就飄過了半個世紀。

她扶著小香，對她說：

「小香，我們在這裡租間房子好不好？」

小香仍舊不解地望著大姑姑。她跟大姑姑也有幾十年了，大姑姑要對你商量一件事情的時候，那就是說，她要去做了。這是大姑姑最好辨認的習慣。她是不太愛說話的主人，成天價不是看書，就是看景，聽音樂也只聽那些老式飯館才有的音樂。但她只要一開口，事情就基本想得差不多了。

男主人齊先生在世時就常說：

「又要我們當聽眾了，你宣講就是了。」

流蘇也不理，她說話總是帶有商量的口氣，慢慢吞吞的，但語氣裡卻有不容商量的篤定。

小香望著大姑姑的糍白的面容，每次看每次都會想，姑姑眞好看。

白流蘇看見小香又盯著她的臉不動了，就知道她只想大姑姑的臉了。放在平時，流蘇還是很高興地賞給小香一百元錢。小香拿著錢沒有用，但她還是喜歡，轉手就交給齊先生存著。

歲月在流蘇的臉上總是緩緩留下痕跡。尤其是她的眼皮，到現在，已經是近八十歲的老婦人了，卻還和年輕時一樣的飽滿濕潤。除了她的主要化妝品是用在保護眼睛上外，最主要的是她平時沒有那麼多的面部表情。

所有的表情都在與范柳原相戀時用完了。

笑過，唱過，瘋過，哭過，甚至也在心裡潑過罵過。都試過，明知道沒有用，也還是走程式一樣地來過一遍。好在這樣的場面還沒有來得及上演就結束了，因爲流蘇早已知道結局，就沒有演下去的熱情和耐力。倒是范柳原那時並無表情，捨給別人東西的人多半沒有表情，那時是流蘇向范柳原要，要感情，要契約。不過這也是范柳原最初允諾的，是他給流蘇講的：

「死生契闊，與子成說，執子之手，與子偕老。」

他是認眞的，所以流蘇才更認眞起來。

流蘇是什麼人？流蘇自己最清楚。她就是一個普通的上海女人。上海女人說的，男人是什麼，男人才是女人的一件體面的外套。女人不能沒有外衣而上街啊。她不過要的是一件舊一點兒的但能禦寒的外套而已。

就這「而已」，把她的一生都差點兒毀了。後來若不是齊致遠的男人氣，流蘇可能就沒有外衣穿。對流蘇來說，齊致遠這件外衣顯得過於青春了，她這個年紀穿出去是會被人注意的。儘管這外套對她很合適，舒服，實用，但過於美觀了。白流蘇的特點就是不願被人注意。她就喜歡安安靜靜地度過一個平靜的一生。

現在，她是安安靜靜了，但她平靜了嗎？

那張標準上海女人的面孔上，已經可見歲月化妝師的手筆了。先給你隱隱地現著，等著你的一場病，在病中它便迅速占據你的臉龐，等你病好以後就是發現也晚了，它們已經都有了地盤。

流蘇深諳歲月的鬼招。她愛惜致遠，不願讓致遠的心有一絲失落，所

以，多少年來，就是有小病，她也會堅持在晚上一絲不苟地塗抹精華液。齊致遠這樣愛她，她以她的方式回報他。儘管這種回報有點兒像科學試管那樣的精確和冰涼。

可能，與范柳原度老年生活的時候她就不需這樣的緊張。但那會怎樣麼？他們會把餘生都用在相互抱怨上，范柳原怎麼能聽她流蘇的抱怨。當年香港戰亂時期他娶了她，那是范柳原對流蘇的最極致的紳士行爲方式。僅僅因爲這個，他范柳原就在流蘇之上，一直是這樣的。他們不會到老的。沒有范柳原的第一次出走，也會有他的第二次，第三次，第四次。總之，他在流蘇這裡注定是要走的，誰讓她對他是如此地了解。

聖經裡說過，人永遠要不到自己想要的東西。流蘇的理解是，人在擁有自己的所愛時，是不知道那是自己的所愛的。只有失去了，才能知道。可是，老了老了，思路怎麼老是在這個謬種范柳原身上。

流蘇帶小香到附近半島酒店的咖啡廳裡去休息。她要在這裡好好想一想她將怎樣度過她這一段沒有章法的生活。

半島風情

香港的半島酒店是香港最老最好又最具有皇家氣派的酒店。老香港人都喜歡在這個酒店活動。你在酒店的咖啡廳裡，經常可見一些看起來像是從上個世紀出來的人，皮膚是象牙色，衣服是蕾絲鋪地。再仔細辨認，就能看出是一些過了時的但仍舊名氣不倒的演藝界的某些人物。她們整日待在家裡，不見陽光，當然整個人都散發出一股樟腦球般的氣息。

流蘇喜歡的就是這個。

她對自己有一個總結，這是她與致遠在情深的時候難得的一次自我解剖。她說，她的一生，就像一隻待在角落裡靜靜觀望世事的小動物，最喜歡的也最適合的就是待在一邊不引人注目地觀望世界。

致遠笑著說：

「你會悄悄地待在一邊？」

她的一生，就像一隻待在角落裡靜靜觀望世事的小動物，
最喜歡的也最適合的就是待在一邊不引人注目地觀望世界。

語氣裡分明有不同意的成分。致遠的好處就是流蘇的什麼都是好，連她的不準確的表達，對於致遠也像是一種奇特的景致。女人知道男人是不是喜歡她，便是從這些拿不到檯面上的小地方上知道的。

流蘇想想也是，她是生就的一套應酬的本領，而且是不動聲色地應酬。當年，她還沒來得及施展全部，略有幾手，就從七妹的手裡活生生地奪來了范柳原。其實，那只是一場誤會。

范柳原是徐太太給七妹介紹的男人，但到頭來卻成了流蘇的追求者。那的確不是她的本意，誰讓范柳原就是喜歡她這種愛低頭，愛害羞，又愛替自己著想的實際的上海女人。誰讓七妹那樣的小家子氣，將全家的財寶像掛聖誕樹一樣披掛一身，除了俗氣，就剩下還沒有發育好的幼稚的嬰兒一樣的大腦。又誰讓白家上上下下那樣把離過婚的女人不當人看，只有逼得流蘇自己矜貴自己了。一切都不以人的意志爲轉移的。一切都是冥冥之中的命運之手安排好的。就像當年她與柳原的結婚，都說是以一座城市的毀滅來成全的。怎麼不說，是因爲她與柳原的婚姻，毀滅了她平靜的一生，毀掉了她心中的情感的羅馬之城。

是石頭還是鑽石，不用人講，它們自己的身體語言就足以喧譁示眾了。不過，對流蘇自己來說，她的最愛，就是能躲在舒適的角落裡，看人間的潮起潮落。

像這家半島酒店，就有她的固定坐位，臨窗的那個坐位，是第一次與范柳原坐在這裡的位置。以後，不論到這裡的心情如何，對象是誰，流蘇都願意坐到這裡。心情好的時候喝一壺紅茶，配英式點心。心情憂鬱時喝檸檬茶，喝得心裡酸苦一片，與心情溶在一起，便覺得好過一些。不是什麼紀

臨窗的那個坐位，是第一次與范柳原坐在這裡的位置。

念，純粹是一種習慣。

致遠最不喜歡到半島酒店。他可能是有些吃醋。流蘇也不以爲然，對他，也對自己。即使范柳原是最初帶流蘇到這裡來的男人，但流蘇的後半生都是與致遠一起過的，沒有激情，卻也平實，這是致遠和流蘇都喜歡的。但因了這點不著邊際的吃醋，讓流蘇倒覺出了一些眞實，不是致遠的愛眞實，而是她的一生有那麼一點憂傷的眞實，她的婚姻是有那麼一點兒缺憾的眞實。

流蘇是務實的。她生來就是務實的。人們愛用這個來貶損上海女人。但這又有什麼不好呢？難道就讓白流蘇一直在歲月的哭號中，悽慘地等著范柳原的浪子回頭不成？上海和香港的女人都不會這樣的。被男人甩掉的上海女人有很多，但她們在最初的情殤之後，都能夠馬上打點好自己的行囊，輕裝上陣，一路風塵，繼續自己的情路。在以後的歲月裡，殷實的中產階級生活會把那一點點的殘存的情愛打磨得幾無影蹤。要知道，配有點兒愛情傷痕的人，也大多是有那麼點資本的。何況，流蘇的范柳原是那種能回頭的浪子嗎？就是他後來寫給她的懺悔的信，流蘇都認爲他不過是在那裡清點他的情史而已，懺悔中更多的是一種水仙花樣的孤芳自賞罷了。

不過，流蘇在情絕的時候也想過，眞的應該感謝范柳原，她的那點兒資本全是范柳原給發探的。有了范柳原的情挑，白流蘇做爲女人的觸角被全部催發了出來。尤其是隨柳原到了香港後，這裡簡直就是培育純粹女人的溫床。只要你願意，只要你有資本，你可盡情享用做女人的種種好處。

就像現在，在全香港人步履匆匆地趕生活的時候，就在這個半島酒店裡，就永遠會有一類人在慢慢品嘗著下午茶，從早到晚，從不間斷。茶要上好的凍頂烏龍，西點一定是酒店的英國點心師做的。

坐在咖啡廳的落地玻璃前，觀望著香港獨特的人的景觀，會格外感覺到自己生活的實在。不必像外面陰沉的天氣下服裝優雅但行色匆匆的職業女性那樣趕路。看著她們繃得緊緊的臉頰，不知是爲上司的不滿忐忑還是在爲股市的起伏而盤算，流蘇從心底裡流露出對自己生活的滿足。這一代是無法與她這黃昏的一代相比的，就算她們是這一代的女強人，身上的名牌是全副武裝，在精緻的手袋裡還有各種VISA卡，但也沒有老一代女性的溫潤剔透。一代有一代的好，一代也有一代的不到。

流蘇品著杯中的凍頂烏龍，心中也如這紅褐色的茶湯一般蕩著微香微澀的味道。老了老了，這樣的念頭近日總是迴旋在她的腦海中。她是從上海來的，老了自然會想到回上海。可是，回不去了。白家可以和她說幾句話的人本來就不多，因了范柳原的姻緣將白家徹底得罪了。她同時也徹底翻了身。在白家的口傳家譜中，她這位六姑奶奶早已成了傳奇式的人物，所有到香港來旅遊的小輩都是在一種莫名的興奮中來拜見她的。

流蘇沒有後代。

在她看來這也是命運的安排。有平常心時，卻沒有平常的生活。等她在香港打鬥出自己的一塊地盤時，又錯過了最好的生育期。其實，潛意識裡，流蘇也是沒有這樣強烈的心思的。流蘇這樣想這件事情，沒有一個人是了無遺憾地度過一生的，也就是說，人生是沒有十全十美的。既然不能十全，何不由她自己來選一個十美呢。她對人生的態度是無爲而爲，當她自己都沒有昂揚的人生態度時，又怎能再造出一個對這個人生也沒有信心的人來？而且，流蘇都覺得這個世界就是因爲人太多了，才橫生出許多傷人心的過節來。與其再增添一個到這個世界來競爭的人，不如用自己的能力來改善一個人的生活。

流蘇的原意是想從白家的親屬中選一個女孩子來繼承這些不多也不少的家產。致遠比她更超脫，他能夠選中了白流蘇就說明了他對人生的淡泊。但他們又怕這些不多也不少的家產會毀了一個好端端的孩子。就像范柳原一樣，本來還有點兒才，當年若是他一直懷才不遇，可能還成全了他。可他的老爹不知什麼時候發了善心，給了他不大不小的家產，就徹底毀了他。財富是自己掙的，才是眞正的財富。不是自己掙的財富，只能助長人性惡的成分。什麼人都禁不起財富的侵蝕，何況一個從骨子裡就玩世不恭的范柳原。

二十世紀八〇年代末期，流蘇回過一次上海，那當然已經不是她記憶中的上海了。內裡還是的，但外表被粉刷一新了。到處都是喜氣洋洋的，比香流蘇回過一次上海，那當然已經不是她記憶中的上海了。

港還熱鬧。白流蘇覺得回不去了，她是一個活在沒有光的地方的人。那個在記憶中仍舊婉約、仍舊有著「克鈴克賴」電車聲響的上海已經不存在了。上海已經發展到堪與美國的曼哈頓一比高低，讓人對上海生出一種不能小覷的詫異感。如果流蘇仍舊是以前上海的流蘇，她會喜歡這樣的氣派的。但現在，這些對流蘇都沒有吸引力，她是生活在上個時代的人。

當然，如果是爲了懷舊，再也沒有哪個地方能比得上香港了。香港還有有軌電車，讓流蘇單是看見那笨拙的兩根豎向空中的辮子，就有一種到家的感覺。上海比香港還要大都市化，連懷舊的地方都是由財富造成的。親戚們不再窮了，這對流蘇是個福音，她不用再爲送親友們什麼而費神了。她是要強的，她不願讓人家在背後說她的不好，於是每次上海

人來人往，她都要費心地準備禮物。齊致遠笑她，永遠的上海女人，心思都在小的事情上，就能這樣有滋有味地過一輩子。他總認爲流蘇是應該做大事情的，爲了她的理性和未雨綢繆。當初他之所以對流蘇一見鍾情，並非是爲了流蘇的貌美。說實話，女人能夠在一個男性的心中留下不能逝去的印象，還是一種不能言說的韻味的。流蘇身上的一種處亂不驚的大家氣派，使人能無端生出一種面對母親般的依賴情感。而實際上，當初的流蘇，是比誰都需要一個肩膀的依靠的。但流蘇自己並沒有意識到這一點。她是一個本分的女人。對流蘇來說，活著，就是最大的事情。要自己活得心安理得，而不是爲別人而活。就說那些全香港的頭面人物，財富連城，每天每天都被媒體咬在嘴邊，也是一種活著的形式，但他們是爲自己活的嗎？

在流蘇看來，他們還沒有齊致遠活得有情趣些。

齊致遠並不富有，他們最大的財富就是知足。在剛剛能夠過得較爲殷實的時候，就能及時地退出商戰。才贏得了一份很富足的心態。說起來致遠的財富僅夠他玩玩名錶，於是他每年都要到瑞士、英國等老牌帝國去蒐集各種名錶，讓流蘇無端覺得這些似乎應該是范柳原玩的。

她當然不會說出來。回想起來，是范柳原教會了她不能對男人說實話。你可以不對他說假話，但你決不可以對他說實話。你應該有男人並不知道的一部分，這就是她爲什麼與致遠可以相濡以沫一輩子的祕訣之一。

老了老了。老的特徵就是不知道自己要幹什麼。坐在咖啡廳快半天了，七七八八的，也不知都想些什麼，時光也像停住了一樣，永遠在夕陽西下的光景中。半山的家中也沒有人在等著她，以前家中有致遠，記憶裡有范柳原。現在，這兩個一輩子都與她有關的男人都先她而去了，她到底是要想念

時光也像停住了一樣，
永遠在夕陽西下的光景中。

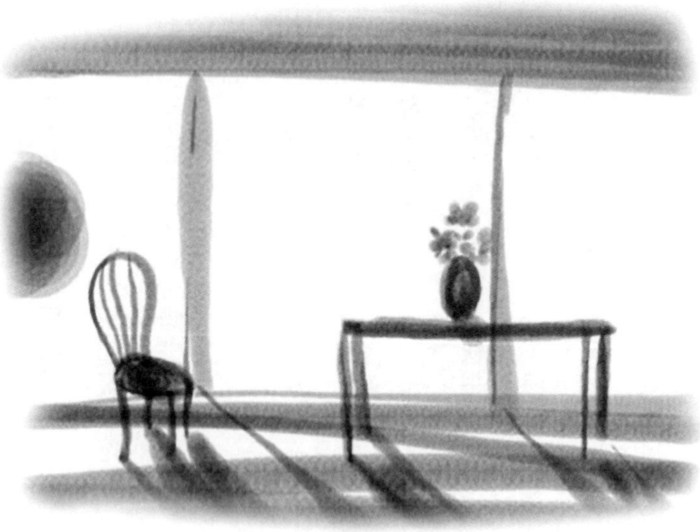

誰呢？

流蘇已習慣於掩埋自己的眞實思想。她習慣於對自己說，你已經忘記了范柳原，你只有齊致遠一人。多少年來，她就是這樣想的。但是，人的潛意識總是要頑固地表現出來的，只是沒有合適的時機罷了。潛意識一旦有了機會，它一定會變成強烈的意識，把從前的被壓抑，更變本加厲地補償回來。

潛意識是，白流蘇恨范柳原。

剛剛覺察到這一念頭時，白流蘇大吃一驚。她一直以為自己是愛他才不敢回憶他。但有一天，有那麼一天，就是在油麻地聽淒楚婉轉的粵曲小調時，白流蘇的心裡幽幽地騰升起了這樣的一個念頭。不慌不張的，不山不水的，就是那樣淡淡的一個念頭，就足以讓白流蘇失魂落魄了一個下午。

這念頭像個幽靈般令白流蘇立即打道回府，彷彿害怕世人讀透她的心思。她的教養，她一輩子的處世原則是讓她學會愛人的，她再也沒有想到的是，她居然會恨一個讓她愛了半個多世紀的人。

應該是半個世紀。從她見到范柳原的第一天算起，雖然這之間她與范柳原在一起加起來也不到兩年。但范柳原卻影響了白流蘇半個世紀啦。別忘了，白流蘇從上海的老屋裡跑出來，就是因了范柳原。到香港能住下來還變成了第二故鄉，也是因了范柳原。與致遠結婚前，雖有幾個不談婚嫁的男人，但算起來，齊致遠是范柳原離開白流蘇後的惟一一個與白流蘇談婚嫁的男人。影響了白流蘇最後選擇了齊致遠的，還是范柳原。因爲是范柳原教會了白流蘇，婚姻僅僅靠愛是不夠的。

這樣算起來，范柳原眞是陪伴了流蘇半個世紀，還不算以後的歲月包括他死了以後，還時常從英國傳來的關於他浪漫的，落拓的，發達的，破產的各種各樣的消息。

每一道消息來時，就是對流蘇的心理檢驗。還好，至少在齊致遠在世時，流蘇沒有過明顯的波瀾起伏。她也知道齊致遠何嘗不懂她的心，但齊致遠的好就在於他不跋扈。他的原則是，你是你，我是我，我知道你心中有他，但我更知道惟有我對你好。這就行了。就是這麼簡單。

但不曾想的是，流蘇快要走完自己的路時才知道，她對范柳原的惦念，不是因了愛，而是因了恨。

這倒是應了那句文藝小說中用濫了的俗話，愛是短暫的，只有恨才久遠。

在白流蘇看的極少的幾本言情小說裡，她知道了在作家的經驗裡，恨是長久的，而愛是短暫的。她看完這本不怎麼討喜的言情小說後就把它扔在一

她對范柳原的惦念，不是因了愛，而是因了恨。

邊，從此不再看這類小說。這讓當時心中還有愛的流蘇有被說中了的不快。

現在，流蘇坐在半山公寓裡，望著遠處的夕陽西下，心裡想起了許久前的這一過節。

此時的白流蘇，心中卻是一片茫然，沉靜了半個世紀的心開始不平。這是白流蘇沒有料到的。就好像是她一直費心費力躲避的一個人，千辛萬苦地以爲總算把他給躲過去了，但驀然一回頭，那人還在拐角處壞笑著呢。

初春的涼意雖然也還柔和，但對一個年老的人，已經有一些刀鋒了。流蘇讓小香給她拿來一件披肩，遮一遮心頭的寒。小香還要嘮叨一句，拿哪一件。

拿哪一件？流蘇反問一句，這樣的天氣，拿犛牛絨的嫌熱，拿絲的嫌涼，就拿那件齊致遠從英國帶回來的羊絲絨的吧。

小香將那件有著駝色格子的Burberrys披肩給流蘇披上。這件披肩，從顏色到質地，都是流蘇的最愛。致遠知道流蘇並不喜歡名牌，但知道她喜歡好的東西。喜歡有些歲月的東西。就像他自己，並不是喜歡什麼名貴的手錶，但喜歡好的，有收藏價值的錶。這樣，每當齊致遠爲自己尋找到一塊上好的藏錶，就會扯平般地爲流蘇買上一件上好的披肩。

披上致遠爲流蘇買的Burberrys披肩，流蘇的心地也爲之溫暖起來。她這樣一個有了許多歲月的老婦人，還有什麼不能撐住的。流蘇這一輩子的定心話就是，再壞，能壞到哪裡去？何況，她現在正應驗了她在年輕的時候說過的一句大話，那是她與范柳原在結婚的那天晚上說的，她說過，她最希望的，就是能在晚年的時候，能一個人坐在陽光底下，在回首往事的時候，露出沒有牙的嘴微笑。范柳原聽到這裡還大叫一聲，說是牙酸倒了，兩個人便

嘻嘻呵呵成一片。

現在，就是白流蘇晚年的時候，她是在回首往事，雖然她還有牙，但她沒有笑容。這不對，這不是她的風格。

流蘇站起身，走到了齊致遠的書房。書房的迎門一扇牆，都是致遠心愛的紅木書架。這是他在搬進這套住宅前自己設計又請他的天津老家工匠訂做郵寄來的。流蘇對致遠的愛好從不過問，單有欣賞。就像致遠對她一樣。但惟獨對致遠的這一次豪舉提出疑義。

流蘇說：「我記憶中沒聽說你要著書立說啊，何必這樣來眞的。倒是你收藏的錶該有個像樣的陳列櫃吧。」

致遠還是那句老話：「我想做的，一定是有道理的。不過，即使沒有什麼道理，就不該奢侈這一回嗎？全香港有幾個有紅木書櫃的？我把它用來收藏我的錶們，也沾點兒書卷氣，不也有道理？」

這個書房平時只有致遠進，流蘇僅在致遠有新的收藏時才來。現在，她重走進這間書房，竟有隔世之感。

小香給她端上晚間的冰糖蓮子，流蘇端在手心無法下嚥。她望著致遠的豪舉，心中想的是，再珍貴的東西，在時光面前，都是黯淡無光了。

現在，她重走進這間書房，竟有隔世之感。

時光長廊

齊致遠收藏的各種名錶有近千種。對盛產錶的時代來說，這不算多。光瑞士的時尚錶Swatch，就有幾百種。齊致遠去世前的幾年，沒有心力去遠處了，就只在香港轉轉。也許是覺得自己不久於人世，他自己都嘲諷自己是卡通人物了。只愛Swatch的牌子。

其實不是這樣的。打開致遠的收藏櫃，可以看到各種各樣的名錶像古董一樣被主人保護得非常完好。每一個小盒子上都有此款名錶的購買紀錄。最讓流蘇感興趣的是致遠買錶的時間和地點，那實際上就是致遠和流蘇的一段生活紀錄。

致遠因爲喜歡錶而喜歡上了旅遊。他在將自己手上的紙張公司交給了董事會後，就徹底不再過問。流蘇本來就對生意上的事情不感興趣，像她這種歲數的女人，尤其是能說上話的女人大都是湊在一起打麻將的，或者是約在一起品個茶，更多的時間是在家裡煲電話或看電視。但流蘇對旅遊也沒有什麼興趣。說起來流蘇都感到奇怪，她與致遠之間似乎並沒有多少相同的東西，但他們就是這樣相安無事地走完了一輩子。

一輩子是多久？就像眼前這些兀自按照自己的時光長廊在那裡走動的名錶一樣，它們相加起來，不知走過了多少歲月，但它們卻又都僅僅是在走自己的軌道。有幾次，流蘇趴在致遠的肩頭，幽幽地說：

「你這樣讓這些錶沒有用處地走著自己的時間，不覺得是一種浪費嗎？」

致遠斜了她一眼，反問道：

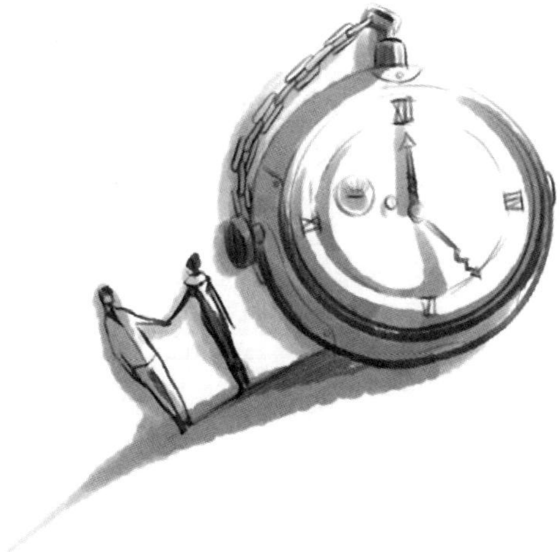

「難道在別人的手上走，就會多走些時間？還是會放慢些時間？」

在致遠和流蘇之間，都是這樣沒有稱呼地相互表達自己的意思。在外人看來，有些不敬，但仔細品味，會感覺出他們之間的一種信任感。就是說，他們不在乎對方是否會為此不快，換句話說，他們根本就沒有考慮過對方的感覺。

有時流蘇驚然發現這種事實時，曾想過，我是不是太自私了些。想了想，覺得這樣實際上是對對方的最大的信任。再往前想，她對范柳原曾是多麼在乎，小心翼翼地陪著他，將她女性的溫柔手段全部拿出來哄著他，逗著他，甚至藏起了自尊，甘願為他做老媽子。范柳原沒有因此而善待她。

再往前些，她的第一位丈夫，年紀輕輕，倒是對流蘇有過一些疼愛，但每給流蘇一點點好，他都要從流蘇那裡再還索回來。那是交換來的。後來，就連這點交換的愛也沒有了，在外面娼宿，聚賭，把個家產活生生糟蹋沒了，反過來還要怪她是喪門星。不但再沒有了好，還拳腳相加，只把流蘇打回了娘家，也從此使流蘇再也沒有了家。

往事歷歷在目。

那個充滿了鴉片香氣的溫吞水樣的白公館。若不是三爺四奶奶們的促狹精怪，流蘇這一生恐怕就交代給了那個不見光日的白公館了。但就是這樣他們也不容。他們花光了流蘇的本錢，就不再容流蘇在白公館裡待下去。是白公館把流蘇交給了范柳原的。

還算流蘇的劫數未盡。怎麼想也沒有想過還有一個上好的齊致遠在前面等著她。也惟獨這個齊致遠把個流蘇還給了她自己，讓她自己當自己的家，自己做自己的主子，流蘇在無拘無束中做回了她自己。但她當時還沒有感覺出，現在想來，這倒是致遠對她最大的好了。原來還以爲，她是小心地關照著齊致遠的，現在想來，這種小心翼翼，在與齊致遠相處的漫漫歲月裡，是多麼微不足道啊。

在這些陳舊的，嶄新的，名貴的，簡約的形形色色的錶當中，流蘇最喜歡的一種牌子是「浪琴」。她喜歡的是品牌的名字，有那麼些久遠的大自然的味道，就像在黑沉沉的黑夜裡劃過的一道閃電，如同有許多精靈在天幕下曼舞。浪琴，海浪的琴聲。在流蘇心裡最沉鬱的時候，她就會戴上致遠送她的一款浪琴錶，到維多利亞海灣去聽海浪的聲音。

致遠送過她幾款名錶，「勞力士」，「伯爵」，「英納格」，還有近兩年來有些

竄紅的雷達錶。她都照例表示一下感謝，就讓致遠給她收起來，連戴也沒戴過。她倒是常戴一戴那種有純白色錶盤玄色錶帶的浪琴錶，有時還會自己去選一款很有女士風情的精工女錶，讓致遠連連搖頭，沒有品味，沒有品味。

她倒是生來就想講品味的。但她想要講品味的時候，她在生活中狼狽不堪，品味自然全無。等到她能夠講品味的時候，她又沒有了講究的心勁兒。她很後悔，沒有在尚年輕的時候陪致遠一齊去旅遊，去講究品味。到了眞正老的時候，你會感到，人生最年輕的時候，就是你的當下時候。過去的，你已經失去了；未來的，你還不知是否擁有。只有當下，是你的所有。也只有當下，能夠實現你所有的夢想和念頭。

流蘇看著眼前的精緻的帶有齊致遠高雅品味的錶，才發現齊致遠爲她留下的是多麼豐盛的一筆財富。她無須遠行，就能領略到眼前每一塊錶的歷史和來歷。因爲齊致遠在每一塊錶的背後都附有一張卡片，上面詳盡介紹了錶的來歷與背景，甚至還有他的評語。

流蘇不知道這是不是品味。但在她的眼裡，這是她所看到的最有品味的一件事情了。流蘇受的教育與其說是教會學校的那一套淑女家政，不如說是白公館裡的生存本能的自衛意識。在與致遠婚後安穩的生活裡，流蘇牢記的就是不事張揚。

品味有時是一種張揚。被命運的反覆無常折騰怕了的白流蘇，再也不願意過一種沒有下落的生活。眼前的一切就好，是她平時最基本的生活態度，爲此齊致遠總是笑話她，上海女人。眞正的上海女人。

上海女人是沒有野心的。

但因爲她的太講究精緻，就使生活怎麼過都是一種粗糙。尤其是流蘇的

但因為她的太講究精緻，
就使生活怎麼過都是一種粗糙。

生活。

流蘇揮了揮手，讓小香把眼前的錶收起來。

她累了，她覺得她這一輩子好像比別人的一輩子都要長，老也沒有劇終的時候。到了該下場的時候了，她的思維又格外地活躍起來。這都是那個該死的范柳原鬧的，讓她在晚年也不得安生。

范柳原啊范柳原，我以爲已經把你徹底地忘了，卻不想你在這裡等著，等著和我清一下帳。好吧，是應該清算一下了，再不算，難道還要帶到那邊去嗎？

不，流蘇搖頭。在當下的時候，流蘇沒有眞正和致遠琴瑟相調過，在那邊，流蘇要和他眞正圓一場。那時，范柳原的陰影是不能帶過去了。

流蘇決絕地想。

傾城之戀的結局

黃昏時的香港最給人以溫柔。

打拚了一天的人們腰板也軟了下來。金色的夕陽好像要安撫疲憊了一天的塵世之人，熱度也退卻了，只留下了燦爛的影像讓人格外地憐惜自己。

坐在平台上的白流蘇，仍舊披著那件Burberrys的披肩。在夕陽的金輝下，沉浸在與范柳原的清算中。

不是那麼容易的。

白流蘇當然知道把一筆感情債留到最後來清算的代價是什麼。也許正是潛意識裡知道這筆代價，才遲遲不讓清算的念頭出現。

現在，再不清算就來不及了，白流蘇才發現，她的血液在此時居然還流動著激動的浪湧。這使她在回想往事的時候就覺得很疲憊，需要調動很大的體力。她，一個外表上還算優雅的老太太，按照世俗的演算法，已經是古稀

她，一個外表上還算優雅的老太太，
卻還要在秋風正濃的時候，來回味自己過往的情史。

老人了，卻還要在秋風正濃的時候，來回味自己過往的情史，沒有一點意志力是難以完成的。可見范柳原在她心中的分量。不，應該說是范柳原的伎倆。他自己早早就在英國仙逝了，但他偏偏留下了一紮什麼懺悔書，搞得坊間有好事者還編排了不少香豔的故事。好在與范柳原一分手，流蘇就與過往的一切有關係的人都斷了聯繫，包括當年給他們牽線的徐太太。

有一次，就在范柳原與她在香港辦完離婚手續後，流蘇還看到了那位薩黑荑妮公主。這位一輩子在男人身上流浪的女人，一輩子受的也是男人帶給她的煩惱。流蘇本要上前告訴她，自己與范柳原已經結束。但就在那一刻，她突然決定要與過去的一切結束。乾乾淨淨地結束。

流蘇這樣白天在平台上坐著已經幾天了，小香每天只是端上一小碗燉品來招呼流蘇。走近大姑，她才會驚奇地發現，大姑的眼睛裡閃爍著反常的光亮。她知道，她不用思考就知道，大姑有問題。在小香的停止成長的腦子裡，對大姑的特殊的記憶也始終如一。

有問題的流蘇確實是正在嚴酷的拷問中，她究竟是在哪裡把范柳原給丟了？

這個問題在最初范柳原離開她時，她就不停地拷問過。

當時沒有結論，是因為流蘇不僅被剛剛降臨的又一次苦難擊倒了，還因爲她還來不及仔細地清算范柳原和她自己，就被迫又一次陷入了生活的窘困之中。

優雅的流蘇被一次又一次的生活窘困給擊倒了。

那一天，是范柳原離家出走後三個月的一天。

後來，流蘇才知道，對於一個人來說，生活中最重要的一天，常常是沒有任何徵兆的。那一天，在流蘇的生活裡，是那樣不顯山不顯水的了。三個月來，流蘇沒有柳原的音信，什麼都沒有，連個電話也沒有。結婚一年多來，范柳原時有離家的事情發生。有過思想準備的流蘇對此並無微詞。她太熟悉了。她的第一任丈夫就是這樣開始的。而她與范柳原本來就是從同居開始他們的婚姻的。老實說，對流蘇與范柳原的婚姻，流蘇一直認爲是上蒼在某一天打了一個盹，才使這一對並不看好的人走到了一起。要不，也不會以一座城市毀滅的代價來成全他們。

范柳原在與流蘇最好的時候也曾經說過，他可能會犯老毛病。但那絕不是眞的，男人有時完全是爲了一種刺激，或者是煩悶，就像女人有生理周期一樣，男人在某些時候也會有的。他提前給流蘇打了預防針。

流蘇當時還很感動，爲了范柳原對她的信任。她也不是第一次嫁人，知

三個月來，流蘇沒有柳原的音信，什麼都沒有，
連個電話也沒有。

道男人是怎麼回事，能忍就忍，她不會像在上海的第一次婚姻那樣率性了。何況，這是她第一次眞正愛上的男人。更何況，因爲范柳原不俗的迎娶，她在白公館掙夠了面子。僅爲此，她受什麼樣的委屈都不算什麼。

於是，婚後他們曾到上海小住過幾個月。

在上海，他們度過了婚後最好的一段時光。每天的早點是由寧波鄉下來的女傭做的，常常有酒釀湯糰，加剛從外面買回來的蘿蔔酥，素菜包。中午到老正興那些老牌菜館去吃油爆河蝦、蝦仔海參。下午到大光明影院看《太太萬歲》。晚上再到國際飯店吃西餐，去百樂門跳舞。流蘇想，她是把一輩子的福都在這幾個月享了。

有頂峰就會有低谷。有幸福就會有不幸。生活從來都是相輔相成的，從來都不是單打的。

流蘇應該早看出苗頭的。

她是被幸福沖昏了頭。後來，後來流蘇就是這樣批評著自己。當苗頭就在身邊繚繞著時，她居然渾然不覺。

事情就出在上海女人身上。

流蘇早就應該想到，不僅僅只是她一個人是上海女人。

上海女人的精緻，上海女人的纖秀，上海女人的恰到好處，和上海女人的溫糯，不僅僅是她一個白流蘇所獨有的。上海女人的種種的好，是種種的上海女人所共有的。

在國際飯店的二樓吃西餐時，就遇上一個比上海女人還像上海女人的小姐。

西餐館一般都是男侍從。但就是那麼一天，突然換上了一個如湯糰般的

一個比上海女人還像上海女人的小姐。

小姐。這小姐使得范柳原的情緒無端地高漲起來。他居然守著流蘇與小姐調情，流蘇還錯以爲是對自己的信賴和親密無間的表現。男人，你怎麼能把他們當眞。眞的時候不可信，可信的時候又不眞。流蘇以爲是他們的上海生活有些乏味了，才使范柳原有了一些調皮的念頭。

是的，他們就這樣在上海玩兒了近三個月，三個月來就是吃喝玩樂，是神仙也有夠的時候。流蘇沒有讓范柳原回到那個充滿了潮濕氣味的白公館裡。他們只在國際飯店請了白家親戚一桌，就再也沒有了來往。

流蘇是個不記仇的人，她的一生很少能夠念念不忘他人的不好。但她永遠忘不了她在白公館受的窩囊氣，那個得理不讓人的四奶奶竟受了流蘇的啓發也與四爺離了婚。白家把這筆帳記到了流蘇的身上，更讓流蘇渾身是口也說不清楚了。他們就沒有想過流蘇離婚後又有了再嫁范柳原的好成就，完全是白家自身的「成就」。反過來又成了流蘇的不是。有的人，是一輩子都要被人誤解的。流蘇想，她在白家，永遠是一個擔當壞名聲的人，從一開始就是這樣，好像某個人生下來就是來替人擔當名聲的。這也是上蒼要成全流蘇以後眞正過上一個上好的生活所提前索要的代價吧。

既然如此，還不如就權當白家沒有了這個人，一走了之，一斷了之。

范柳原不這樣想，他希望流蘇仍舊與娘家保持著聯繫。現在想來他是有預謀的，他希望他不至於將流蘇的終身都包下來。他可以在戰亂的年代給予流蘇一個婚姻，實際上也是對他自己的交代。一旦天下太平，他就地復甦，便會掙脫這個非常時期編織的籬笆。

國際飯店的湯糰小姐並不十分好看，按照流蘇對范柳原的了解，他是需要刺激性的人，怪異之美才是他的所好。就像當年淺水灣的那個飛金流彩的國際飯店的湯糰小姐並不十分好看。

薩黑萸妮公主。渾身上下飽蓄燃燒不盡的熱量，任何男人都會被她身上的那種熱帶風情所蠱惑。范柳原欣賞流蘇的身上溫糯的上海之美也是被薩黑萸妮公主燒爍後尋找的休息。但沒想到他也同樣欣賞其他上海女人的好處。許是在上海吃甜糯的東西多了緣故，范柳原對這個湯糰小姐居然也有了意思。

這意思范柳原還沒有準確地意識出來，流蘇已經從柳原的眼睛裡讀出來了。

一頓西餐下來，柳原就沒有望過流蘇，這讓流蘇寒心。以前在娘家時，就聽那些在學校裡學到不少新辭彙的姪女們講過，如果在飯店裡看見一對男女吃飯目不轉睛地相互盯著，那就一定是一對情侶。否則，就是夫妻。還在離異痛恨中的流蘇當時說，是夫妻就不會到飯店去吃飯，以表示她的老派。後來，在柳原帶她到飯店用餐時，還在心裡偷偷責怪著自己的老派。因爲范柳原一直是目不斜視地盯著她，欣賞著流蘇的所有的好。

可是，當她看見范柳原的眼睛在追隨著湯櫑小姐的身影時，她在心裡批評自己錯了。她不該還把柳原當做戀愛時的情人看待。飯店原就不是夫妻表情達意的地方。

有過經驗的流蘇當下決定搬回香港，實在不是爲了柳原，而是爲了她自己。

四奶奶正爲了流蘇的成就而鬧離婚，流蘇在白家的羨慕加嫉妒的眼光下就已經活得不自在。如果此時再讓白家知道她流蘇又要面臨危機，她的臉面要往哪裡放。無論如何，就是與范柳原出了什麼事情，也只能在香港。反正在流蘇的心裡，白家已不是她的家，而只是她曾經勝過的戰場。在這個世界上，她將獨自奮戰，爲了自己微不足道的幸福。

當她看見范柳原的眼睛在追隨著湯糰小姐的身影時，她在心裡批評自己錯了。

流蘇幾乎是用乞求的口氣，勸服范柳原回到了香港。

她遵守了自己的諾言，不管不問范柳原的任何事情。人都到了香港，難道還有人像流蘇當年那樣奮不顧身地急於出嫁嗎？

上海小姐倒是沒有急於出嫁，但柳原卻急於出牆了。

結婚還不到半年，柳原就基本上不在家裡吃飯了。到半夜時分回來，身上的味道已經是各種氣味的混合體了。他們當年共同的朋友曾經告訴流蘇，說柳原又和薩黑荑妮公主舊情復燃，流蘇聽了也僅是一笑了之。如果眞的是薩黑荑妮還好了，流蘇女人的直覺認爲，薩黑荑妮公主並不可怕，她只不過是男人的一個玩偶，男人是不會對她認眞的。就怕是比她還要有潛力的上海公主吧。女人是能量極大的變數，只要是她想要的，她的潛能可以發揮得淋漓盡致。誰都無法估量一個下了決心的女人的潛力。

上海小姐倒是沒有急於出嫁，但柳原卻急於出牆了。

那幾日，柳原一回來就倒在床上，他的外表是一種不堪勞累的疲倦，但他身上騰起的氣息，是抑制不住的生命的喘息，那種太興奮而暫時停歇的喘息。還加上好聞的巴黎香水的氣味，即使是來路不明的香水，流蘇還是承認，這是她最喜歡的香水的氣味。流蘇抱著雙臂，看著仍舊在溫柔鄉中陶醉的柳原不禁冷笑，他裝都不會裝。不過，能裝也好，至少說明他還顧及著彼此的面子。但流蘇心裡明白，就是這樣，也堅持不了幾天。想一想也是，他范柳原憑什麼要在乎流蘇的想法，家不是她養，她所能給予的那點可憐的感情又能值多少。何況，他們本就是一對自私的男女，是戰爭才把他們捆綁在一起。戰爭是一個亂點鴛鴦譜的媒婆，點著誰就是誰，也許柳原的心裡還在抱怨，爲什麼不點給他一個家產萬貫的眞正的上海公主呢？

流蘇就這樣胡亂想著，胡亂想著，也度過了最初不堪的日子。

多少次，流蘇看著心早已丟在外面的躺在床上的范柳原，心裡想，這就是那個傾城之戀嗎？這就是那個口口聲聲許諾著「死生契闊，與子成說」的愛人嗎？

愛是多麼禁不起時間的歷練啊。

這個男人又是多麼脆弱，竟然禁不住一點世俗的誘惑。

流蘇在心裡也重新檢驗了自己的愛情，是否就是那麼值得哀號的。可到頭來她自己也驚悚，原來，拋開經濟的原因，離開了環境的迫挾，她的心裡也是有標準的。用她最原初的上海女人的眼光，范柳原從本質上就不是她要的那種男人。只不過是環境、戰爭、還有那還剩在手裡沒有幾多的青春的尾巴，在她的眼前築起了五彩的影幻，使她誤以爲她愛柳原，還愛得令兩個人齊齊地被感動。這裡面，也難說沒有要做給自己看的表演的成分。可人的悲

愛是多麼禁不起時間的歷練啊。

劇就在這裡，被理智上否認了的事情，可在感情上還是不能輕易地放鬆。也許，愛就是沒有理性的。

想到此，流蘇又黯然又釋然。愛情禁不起理智的拷問，愛情也不值得爲此傷神，命定如此，落花流水都隨它吧。

儘管如此，她也沒有想到，那個在短短的幾次西餐的接觸中認識的上海小姐，就是她這次婚姻的第一個解鎖者。

若不是在半島酒店見到他們手拉手進來，流蘇一直以爲范柳原不過是犯了胡鬧的老毛病。他從小就無人管教，習慣於浪蕩的生活。她以爲，這樣的生活方式只要不影響家裡的大局就行。

錯了。

流蘇當時手中端的就是一杯溫熱的烏龍茶。她看見了他們的狎暱之情，不是出自嫉妒，而是出自吃驚，吃驚那個看起來如此清純的小姐竟是如此有謀略。就是當年的流蘇也沒有這樣深遠的心思。

她怎麼就會相信眼前的這個男人會照顧她一生，她怎麼就能在如此短暫的時間裡可以罩住一個還算有歡場經驗的男人。

答案只能有一個，這就是范柳原本性的脆弱了。

他眞不應該如此。

流蘇是善待柳原的，無論他有什麼樣的要求。范柳原不存在不滿足的問題，只能是范柳原的本性即是如此了。的確，范柳原從來不對流蘇多要。從精神到物質。最初流蘇以爲是范柳原對她的尊重，卻忘了范柳原的名言，他最熱衷的還是忙於戀愛，如果戀愛結束了，他當然就什麼也沒有了。他生就是一個忙於戀愛的人，他眞不配婚姻。

現在，又是范柳原忙於談戀愛的時候了，他一談起戀愛來，渾身上下都抑制不住一種雄性的荷爾蒙的味道。

這樣想的時候，流蘇竟然沒有一絲恨意。在她心裡，還隱隱地有些憐憫，憐憫那個永遠長不大的玩主，一個永遠需要從別人那裡找到快樂的人，一個以戀愛爲遊戲的人。說到底，范柳原是可憐的。越是想要得到愛情的人，越是缺乏愛。流蘇在以後的歲月裡漸漸得知，那個在冥冥中觀察人類遊戲的上蒼是最淘氣的，他專門把一個人所渴求的東西放得遠遠的，故意撩撥你的心。是啊，若不是這樣，人們怎樣來打發這漫漫時光。

不知從什麼時候起，流蘇就明白了，范柳原他這一輩子是得不到愛了。起碼是像流蘇這樣的有那麼一點無私的內容的愛，他是不配有了。就更不用說是眞正的愛情了。一個不肯爲愛人委屈自己的人，是得不到眞正的愛情的回報的。

還是回到當初吧。當初，范柳原在半島酒店的咖啡廳見到流蘇時，確實很慌亂。

這倒不是他的風格。他向來敢做敢當，甚至還有一些兒童的逆反心理，你越不希望他做的事情，他越是要做。流蘇知道他的個性才這樣任他淘氣。全當他嘴饞，出去叼口食吃。卻不想他玩出格了。這也許是他心虛的原因吧。但他誤會了流蘇，他把流蘇當時的沉靜當做了惱怒。

只見他護衛著上海小姐，趕緊將她帶走，好像略遲一點，流蘇就會迫害於她。讓流蘇覺得好笑又好氣。

流蘇想，不知這個小姐是擅長低頭還是擅長抬頭。大約是擅長抬頭吧，因爲低頭是不需要了。范柳原對上海女人低頭的妙處全從流蘇這裡領略盡了。她至今還能記得范柳原對她的近乎表白愛情的調侃：

「別忘了，你的特長是低頭。」

這話是范柳原對流蘇所有愛的表白中最眞實的一句，使得流蘇在他的面前眞的形成了低頭的習慣，甚至習慣低下自己的尊嚴。而今，他又欣賞另一款摩登的上海女人了。

這就是他們感情破裂的開始。

自始至終，流蘇沒有說個「不」字。不是她不願說，不是她有耐力不說，只是她沒有機會。事後想起來流蘇也有些後怕，眞給了她機會，她不知她能表現出什麼樣的不堪來。畢竟，她和柳原的愛情是經過了戰爭的考驗的，是死裡逃生的正果。她心中的理性可以讓她平靜，但她情感的天平卻讓她覺出了自己的委屈。

她心中的理性可以讓她平靜，
但她情感的天平卻讓她覺出了自己的委屈。

還好，范柳原給了她沉默的機會，也就給了她保持風度的機會，才給了范柳原以後在英國懺情的機會。如果當時把話說盡了，把事情做絕了，恐怕也就不會有今天的這一番陳年老帳的翻揀吧，也才有了范柳原客死英倫還有念想的後續，更有了讓流蘇看了納悶的那一捆號稱是懺情的悔過信。

怎麼會有那麼多的東西寫，想必是心中積鬱的孤獨太多，拿了流蘇做想像中的情人重新溫習功課吧？這麼想來，當初范柳原不給她說話和發洩的機會倒是成全了她，也從而成全了他？

都說不定。

想到這裡，流蘇無聲地笑了。這笑容是異常爛漫，像少女般沒有一絲的雜質，這是進入老年的流蘇少有的笑容。笑容展平了流蘇心中歲月的褶皺，沒有大喜大悲，卻有千百道涓涓溪流，從這個意義上講，人在有生之年能有一些故事存在心間，倒是一件幸事了，起碼可以有滋有味地度過這樣一個漫長的黃昏呢。

她想，人都老了，該有的也都沒有了，沒有的還能怎樣？那句大家都明白但就是不肯信服的話不就是這個意思嗎？人是攥著拳頭來到這個世界，卻都鬆著手離開。范柳原以爲他留下一本懺情錄，就能留下什麼做紀念嗎？當事人都不願意重複，何況他人。知道的，也不過把它作爲一段打發時光的傳奇故事罷了，誰會認眞走進這故事裡，替男女主人公判一個是非。而且，在感情的問題上，又有什麼是什麼非呢？

罷了罷了，流蘇疲倦地閉上眼睛。

長相思與長相恨

人都說，恨比愛更持久。

這話在流蘇那裡得到了驗證。

流蘇的本質不是一個陰毒的女人。如果有條件，她是一個很有品味的仁慈女人。後來與致遠的婚姻也證實了這一點。但從范柳原離家出走後，流蘇讀到了自己內心的那份漸漸滲出的陰冷。

這樣說自己是不是有些過於冷酷。畢竟，肇事者不是流蘇，而是柳原。但處於打點自己感情行囊的冷靜的流蘇，站在世紀的另一端看待自己的時候，她還是認爲這樣說自己是基本沒有離譜的。

在范柳原最想要見她的時候，她卻絲毫沒有動心地表示不見。當時是認爲沒有必要，已經忘記了這個人，不想再攪了已經平靜了的生活。現在想來，那還是因了心中隱隱的恨。

自從半島酒店見過柳原跟上海小姐後，流蘇就沒有再見過柳原。直至後來柳原到流蘇這裡來簽字離婚，也是倉倉皇皇的，全然沒有一個投身於新的幸福的欣欣然。

他是多麼不值。

那一天，柳原提前打來了電話，支支吾吾地說，不如就把手續辦了吧。

流蘇當時並沒有馬上接話。

不是她不想。她早已想過，以范柳原的本性，留也留不住的，強留就更是留不住了。

從自己的內心來講，她還是喜歡范柳原。然而這與愛是有區別的。以前誤以爲喜歡就是愛。現在看來這只是一種喜歡。喜歡他的知己之恩，畢竟，是范柳原發現了她，她也在范柳原的啓發下發現了自己女性的優勢。她也喜

那一天，柳原提前打來了電話，支支吾吾地說，不如就把手續辦了吧。

歡范柳原的放浪不羈，沒有范柳原的放浪不羈，也就沒有流蘇的今天。今天總比關在上海死氣沉沉的白公館好。她還喜歡范柳原的中產階級情調，這種情調是白公館在上個世紀漸漸丟失了的，而在范柳原身上卻頑固不化地保存著的。她甚至，也喜歡范柳原的浪漫成性，這說明他珍愛女性，只是這種珍愛太氾濫了一些。

這都是使流蘇不能痛下決心割捨的原因。

但她是理性的。對范柳原這樣的放浪成性的人，你留住了這一次，你留不住下一次。他能從你身上品味出女性的好，就能從其他女性的身上品出其他的好。而且，流蘇就是想到了這一點才下定了決心，這就是，也許，不，應該是肯定，他會覺得沒有得到的其他女性更好。

你怎麼就有權力讓一個懂得美的人不去看世界上其他的豐富的美，你怎麼能肯定其他女性不會像你那樣深愛他。好的東西，人都有共識。又何況是人，你能占有他的身，你不能占有他的心。你能有毅力經受他一次又一次的叛離嗎？你能承受得了他不停地將他所見的美麗超凡的女性帶到你眼前，讓你一次又一次地對比出你的老，你的不夠，你的小家子氣，你的種種不堪嗎？

心是不能千瘡百孔的。人的一輩子不是來到世上要讓自己的心千瘡百孔飽經滄桑的。她白流蘇，一個普通的上海女人，有必要這樣在感情的煉獄裡服刑嗎？

她喜歡享用她眼前香港舒適的生活。舒適而不是奢侈。

既然留不住范柳原，她當然不會強留。何況，她看準了，這是白流蘇的陰壞了，她確實看準了，范柳原身邊的上海女人是禁不起時間的歷練的。任

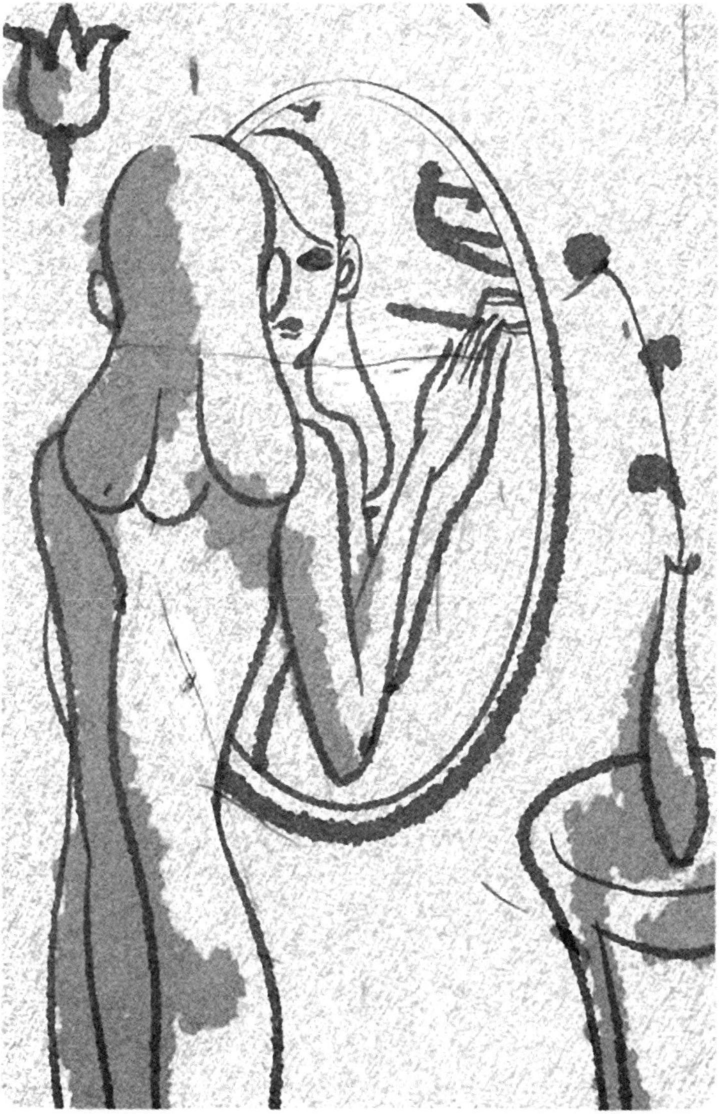

人的一輩子不是來到世上要讓自己的心千瘡百孔飽經滄桑的。

何女人都禁不起，何況她一個剛剛出道的上海女人，她太嫩了，以范柳原的情調，這將不會長久。

也許，也許有那麼一天，不是像他們的婚姻那樣，須到傾城的地步才能成全，而是生活的平庸，使范柳原又夠了，又回過頭來，主動留在流蘇的身邊。說不定，人生都是說不定的。當初，香港戰亂，如果炸死了白流蘇，白流蘇就沒有了今天的選擇，而范柳原還會繼續他的故事。

流蘇只是想，留不住了，就痛快一些。她只是拿不住是否與范柳原舉行一個正式的儀式。讓他留住流蘇的好，好好地和，好好地散。這是她能給予范柳原的惟一的一點東西，也是其他的女人所不能給予他的最值錢的東西。

於是，當范柳原要來簽字時，流蘇就這樣猶豫了一下。

但范柳原誤解了流蘇。

他以爲流蘇不想簽，便說出了狠話，沒有用的，你留也是沒有用的，再有半年，法律將會宣布我們自動離婚。

流蘇的心在慟哭。

范柳原啊范柳原。

她決心不再說什麼，只是簡短地說，你來好了。

范柳原來了。歉歉的，神情中竟多了些猥瑣。喜歡猜測別人的人，神情中都會有這種猥瑣。因爲他怕別人所思所想出乎他的所料。

流蘇還是理性的，她看也沒看合約，就簽了字。同時，以一個朋友的口吻對柳原說：

「最後的晚餐，不請我一頓？」

范柳原居然支支吾吾地說不出話來。

他眞是把人看扁了。他以爲簽了字的白流蘇能有什麼新的名堂。一頓飯而已。他居然不敢。流蘇徹底失望了。比讓她簽字還要讓她失望。

流水年華

時間的流逝比什麼都能讓人醒悟。激動人心的東西多不長久。流蘇在本質上就是一個追求平穩的人。她在經歷了人間最激動人心的愛情後，對於生活來說，只是追求平穩。

生活是最喜歡給人開玩笑的，你想要的東西，往往沒有，而你沒有寄予希望的事情，卻常常是出乎意料的好，還不是一般的好。致遠的性情與流蘇是相似的。這應該是一種重複，在一般的婚姻中是不看好的。但經歷了愛情故事的流蘇，對致遠的惟一的遺憾就是他比自己要小。

這就是老天的遊戲了。這個世界上難道眞有十全十美的事情嗎？無。

生活如天天東流去的江水，平常的歲月少有變化，所有的變化是在不知不覺當中的。當有一天，白流蘇突然發現鬢角已經慘白了時，她的心悚然一

時間的流逝比什麼都能讓人醒悟。

跳。

她的眼前像過電影一樣地往下急翻，翻到了范柳原這一章時，就像電影機出了故障一樣，從頭到尾亂成一片。亂得無法收拾，那是流蘇心中的一段隱痛。

但生活還是要持續的。流蘇離開了誰，首要的問題都是要活下去。活下去的理由有許多種，最有力量的理由是要活給自己的仇人看，就算范柳原他不是流蘇的仇人，但流蘇活下去而且要活得好的理由卻只是爲了范柳原。爲了他對她曾經有的情意，爲了他始亂終棄的結局，爲了他能夠讓流蘇飽嘗人間感情歷練的待遇。這是流蘇想要活得更好的最有力的理由。

順利的日子給人的印象就淺。最初的最深的記憶還是那些受苦的日子。

流蘇理智地在一個陰雨的下午清點了自己的所有的財產。

其實，她從范柳原那裡得來的本也不多。最有價值的一份，還是兩人在訂婚的時候柳原給買的一只翠戒和一只翠鐲。這兩件東西還是在典當鋪裡買的。兵荒馬亂的時節，店面裡的首飾本就便宜，精明的上海女人當然知道在典當鋪裡能買到更值錢的首飾了。當初第一眼看到的是這只翠綠翠綠的手鐲，它的珍貴還不在它的罕見的綠水，而在於在這一片翠綠之中還跳躍著一條褐黃色的蟲，不在光線下看是看不出來的。見過白公館裡幾件珍藏首飾的流蘇，知道這是一件寶，雖然價格是這裡的典當物品中最貴的，但就它的價值來說，擺在這裡已經是暴殄天物了。所幸當初是一片的兵荒馬

事實證明流蘇不愧是白公館出來的大家閨秀。

亂，當鋪的老闆也無法保證是否還有明天，便將此寶胡亂要了個價錢，讓流蘇撿個便宜買了回來。

這禮品對柳原來說似乎還輕了，爲了給這只手鐲配套，便提議買下另一款戒指，也是翡翠的。當然，流蘇知道，這兩者之間是無法比的。

事實證明流蘇不愧是白公館出來的大家閨秀。恰恰是她當初選定的這兩件陪嫁，在關鍵的時候支撐了她的後半生。和柳原分手時，香港經濟正開始復甦。一些逃離香港的有錢人也開始尋找曾經丟失的珍品。在一次珍寶拍賣會上，流蘇將這兩件首飾拿出來，賣了個絕好的價錢。流蘇到現在還記得買那件手鐲的，是一位留著山羊鬍的中國長者。他拿著那件含有飛龍的手鐲時，驚喜之極，使流蘇差點兒要喊出「不賣了」。她知道，長者是識貨的人。於是，她也長舒了一口氣。把這件無價的珍品藏在識貨的人手裡，總比留在其他人手中要有意義得多。何況，她已經不配擁有它了，因爲她把玩珍品的心境都被一件失敗的婚姻給破壞了。

有了一筆不算少的賣首飾的錢，再加上離婚時柳原留給她的一點生活費，流蘇就這樣在香港開始了她的後半生。

後半生的經歷要說險也不險，流蘇幾乎沒有任何風險地走了過來。但要說不險也不公道，畢竟流蘇做的都是有風險的地產和股票生意。只不過流蘇做得特別有傳奇色彩，在香港早年的發跡傳聞裡，還都有過關於流蘇的傳說。什麼銅鑼灣的一間小小的鋪面，在房地產飆升時賣出了天價；什麼一位老太太買了最早的一萬股地產股票，忘了這件事情，等到地產股票最旺的時候，她的股值已經翻了一百倍。這些傳奇色彩裡的主人公，沒有人知道她確切的人名。只有流蘇自己知道。她更知道她的奶媽告訴她的一個做人訣竅，就是得便宜的地方不能再去。流蘇什麼事情一旦得手，她馬上就會轉手進行另一個。

流蘇的這種處事方針恰好使她躲過了每一次經濟危機。她在不經意中站在了時代的前列，不，應該是潮流的前沿。但她都及時退出，又及時進入，就不顯山不顯水地積累下了殷實的家產。

但流蘇的成功不能沒有一個人。她的最好的助手就是齊致遠。

齊致遠原來是拍賣行的拍賣師，他幾乎是在第一面就注意上了流蘇。他比流蘇小六歲，但與他的少年老成相比，流蘇的成熟之美絲毫都不遜色。他是流蘇的顧問，後來就一直做她的顧問。當然，這都不是職業的。流蘇對這個看起來像江南小生的拍賣師從一開始就有好感。在她不熟悉外頭各種事務規則的情況下，她選定了齊致遠給她做顧問。後來，她也習慣了齊致遠周到

流蘇的成功不能沒有一個人，她的最好的助手就是齊致遠。

的設想，細致的照顧，這個小弟弟樣的江南小生給了她一種安心的感覺。

齊致遠第一次向流蘇表達他的「願望」時，有一種強作的硬漢氣勢。那一天，就在流蘇爲了順利地買下銅鑼灣的鋪面並租出了好價錢而請他吃飯時，致遠突然在餐桌上冒出了一句：

「我有沒有資格做你永遠的顧問？」

流蘇當然知道這話的實際含義。這不可能。流蘇剛剛忘記了那個叫范柳原的男人帶給她的傷痛。別說一個小她幾歲的齊致遠了，就是再有一個富商來求婚，她也準得逃之夭夭。一個女人，不能犯同樣的錯誤。

但流蘇沒有給致遠難堪。

她笑著對致遠說：

「你現在的任務是到學校再讀書，我才能考慮是否一直延請你當顧問。」

致遠認眞地看著流蘇，說：「你這話當眞？」

「當然了。」

流蘇也沒有想到的是致遠將這話當了眞。他是不告而辭的。再打電話找致遠時，就有這樣的答案了，齊致遠到英國留學去了。

這使流蘇眞的吃驚不小。都說人小鬼大，這個並沒有多少特別之處的小男人，還眞的很有個性。不過，流蘇還是認爲這是他的小孩子脾氣。

致遠去了三年。三年中他來過三次明信片，都是寫著同樣的一句話：

「不要聘請別人。」

第一年，流蘇笑笑。她不會聘請別人的。她的任務就是按月去收房租，同時調養自己的心性。

第二年，流蘇有些溫暖。在香港這個人人都在爲自己而費心費力的商業

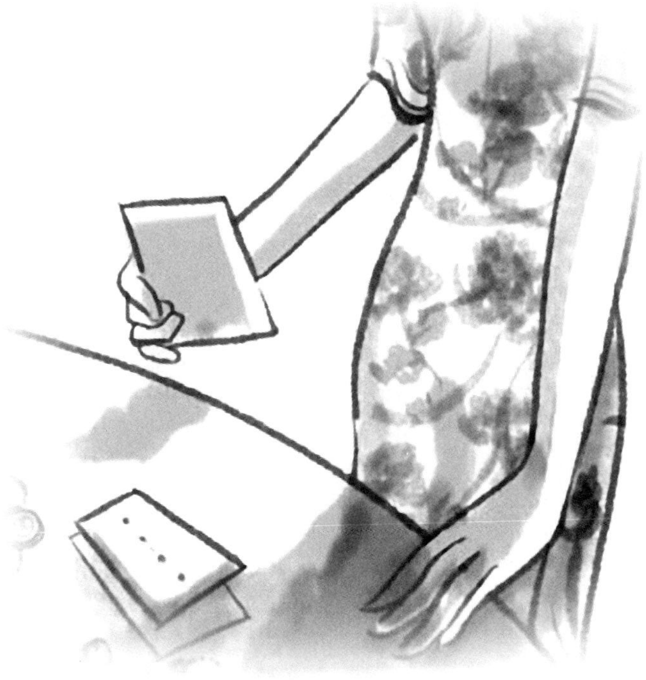

三年中他來過三次明信片，都是寫著同樣的一句話：
「不要聘請別人。」

社會裡，還有致遠這樣只認一個「老主顧」的人實在太少。

第三年，流蘇有了些心事。她在想，致遠什麼時候回來。他到底學的什麼專業，這三年他的變化大嗎？

第四年，致遠送回了他自己。一個很有氣質的愛丁堡大學商貿系的留學生。

流蘇再見致遠時，竟有些微微的臉紅，這使在家休養生息了三年的流蘇有了一種青春的復甦。致遠帶流蘇到半島酒店喝咖啡，告訴她自己在大學所學都是爲了能夠爲一個人做好顧問，一輩子的顧問。

流蘇竭力平息了內心的波動。對一個女人來說，被愛，這應該是上蒼對她的最大的恩惠了。儘管流蘇曾經遇人不淑，但這並不影響她對致遠的好感。

可是，好感代替不了愛情。致遠是個有作爲有前途的青年，她不能讓他過早地就進入一種暮氣沉沉的生活。

她對致遠說，你不要著急。你看，我就在這裡坐著，如果沒有戰爭，這就是我的一輩子。你儘可以去尋找自己的世界，充滿活力和陽光的世界。我會需要你，但不需要你陪我一輩子。

致遠不說話，只是拿著咖啡杯笑對她。流蘇這才發現，致遠的笑，是一種自信的笑。他是笑流蘇的膽小，笑流蘇言不由衷。

這使流蘇感到異常窘迫。眞是奇怪，流蘇任何時候都不會失去她的定力，就是在柳原要離她而去的時候，她都沒有驚慌。但在致遠面前，她居然沒有了主張。面對著致遠胸有成竹的笑容，她覺得她沒有了自己。

這當然不是愛情。

就是後來結了婚，流蘇也沒有對致遠說過那一個曾經傷透她的心的字。但流蘇覺得這比愛情更有安全感。

說到底，流蘇是一個守得住本分的女人。她沒有想過過分地去要求命運，但一旦是命運的安排，她別無所求。她只有接受。

她接受了命運對她的一種奇特的安排。應該說，命運是要成全她，才給了她年輕時太多的折磨。但當流蘇到了晚年回過頭來審視自己的經歷時，她才發現，所有的經歷，苦難，折磨，在時間面前，都是微不足道的。但恰好是這些經歷、苦難、折磨，才留給她寂寞的晚年生活一點呼吸的活力。

與齊致遠的婚姻生活，就像是在深山裡的一條小溪一樣安靜，你只管兀自地隨著歲月流淌著，不會有風暴襲來，也不會有電閃雷鳴的驚嚇。流蘇不怕這些，但她實在是不喜歡這些。她覺得自己甘願做一棵生長在深山老林裡的小草，自生自滅，自喜自憂，全鬚全尾地擁有自己平淡的一生。

是齊致遠給了她這樣的後半生。

倒是齊致遠應該有一個轟轟烈烈的人生的。但他好像注定是來陪伴流蘇的，他在與流蘇的平淡的生活中特別相得益彰，你能明顯感覺出他在平淡的

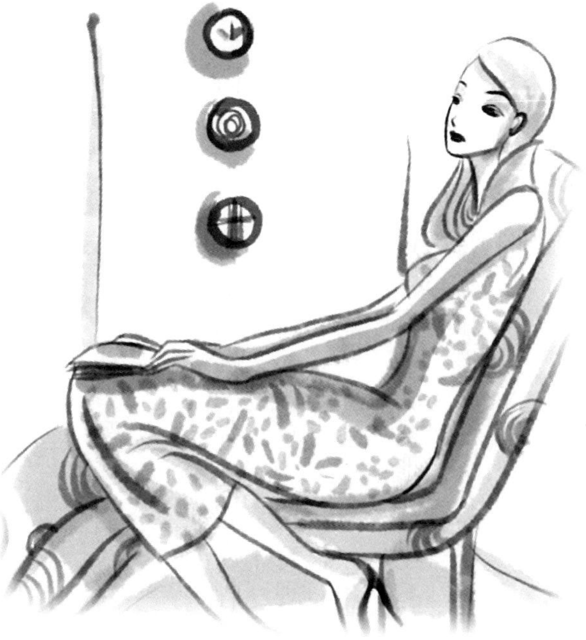

生活裡過得有聲有色。

他是一個很有生活情趣的人。並不是他去英國留學才染有一種儒雅的紳士風格，而是他天生就有。他把與流蘇過好每一天當做一種至高無上的任務來完成，讓流蘇覺得他眞的就像孩子一般純潔。

致遠一直是在海外貿易這一行做高級職員。他是他所到的每一間公司裡最受老闆信賴的人。所以，他的僅次於老闆的高薪也使他能夠在替流蘇打理生意時不失時機地加上自己的小注，才使得山間小溪般的生活能夠孜孜不絕地維持下去。到了後來，當他們的資金厚實時，致遠又不失時機地開辦了香港第一家經營國外紙張的公司。到此時，他們的經濟基礎已經是完全打牢了。

在感情上，流蘇較爲平淡，而致遠比較癡情。但致遠的癡情讓他更加顯現出儒雅風度，使流蘇常常在心裡驚歎，她居然沒有任何理由說出致遠的不好。日復一日，她的心，她的那受過范柳原傷害過的心，也自以爲已經康復了。

不過，冥冥之中總有一個聲音在提醒著她，不知道這愛能堅持多久。

是的，流蘇知道，致遠是愛她的。愛一個人，就是能夠包容一個人的所有一切：好的，不好的。喜其所喜，樂其所樂。從致遠的身上，流蘇知道，一個人完全爲另一個人而生活，是多麼單純和幸福。致遠的一生就好像爲流蘇而來的。但他愛得又是那麼有尊嚴，讓人忽略不了他的感情。

但是，這又能堅持多久呢？

隱隱的憂慮一直影響著流蘇的心情。她對致遠很尊敬，也很盡職，但她從來不像對前兩任丈夫那樣心有囑託。她的經歷告訴她，她永遠只能是她自己的。

她自己也沒有想到的是，實際上，在她與致遠之間，是有一個柳原橫在那裡的。

她以爲她忘記了范柳原，但在深夜難眠之時，會從心底深處響起一聲歎息，范柳原，不知他過得怎樣。

情迷倫敦

范柳原的命運其實從一開始就注定了的。

從一位世伯那裡，范柳原首先得到了白流蘇的消息。

時值范柳原剛剛結束了一段情。

對於范柳原來說，他的本性就是用情不專。這應該說是出於他對女性的一種天生的直覺的愛好。他能在剛剛接觸的第一眼，就基本能夠準確了解他眼前甚至是擦肩而過的女性的所有的好和不好。

每一個女性都有她獨特的好。

這是范柳原所以愛女人的祕密，也是他不能用心於一位女性的原因。上蒼給了他一種天賦，他就要好好地利用才行。他天生對女性就有一種占有欲，一個有特色的女人，不管這女人屬於誰，他都要想法去占有。只要他能夠占有了，欲望也就結束了。

范柳原天生對女性就有一種占有欲。

范柳原自認他還不是那種無情的男人，他的問題是他太多情。不管他是不是愛他擁有過的女人，他認爲他沒有故意讓他擁有過的女人傷心。女人因他而傷心，恰好是女人太愛他，他是被女人慣壞了。但他也見過那種與女人斤斤計較的男人，因爲女人的不愛而懷恨在心，而加害於女人。他認爲，與女人耿耿於懷的男人本質上就不是男人。

范柳原對自己也有一個準確的認識。他覺得他至少不是小男人。與那些所謂的成功人士相比，他只不過是一個略有點兒自私的不求高遠的閒雲野鶴罷了。他覺得除了女人，仕途經濟之道都絲毫不能吸引他。政治是什麼，陰謀詭計再加上不自量力的自我誇張而已。而經濟乾脆就是數字遊戲。他從小就對數字模糊。他只靠語言吃飯。在香港時還有家裡留給他的一點兒遺產可以揮霍，爲了讓自己心安，離開流蘇的時候，他幾乎分掉了一半的家產。等到陪上海小姐來到英國時，坐吃山空，在他付完最後一次房租後，那個總是笑咪咪的小姐便笑咪咪地離開了他。

說實話，其實柳原一來到英國就覺得他錯了。錯在失去了他閱世以來碰到的惟一能包容他的流蘇。

他愛過的女人數不清，他太了解女人了，女人是生來就要被人愛的。被人愛，就是女人的愛情。所以，女人是虛榮的動物。她們的愛情就是因爲有人愛她。而在流蘇那裡，愛情是有包容的。你可以不愛她，但她愛你，她就可以包容你的一切。毫無怨言，全心全意。她的小女人的胸腔裡，有著大地之母般的情感天地。

當年，使他離開流蘇的那位湯糰小姐，實際上一到英國就不愛他了，她愛的不過是柳原能夠帶她到英國的能力。年輕一代太厲害了。人生在她們那

在他付完最後一次房租後，
那個總是笑咪咪的小姐便笑咪咪地離開了他。

裡就是數字遊戲。青春的數字，感情的數字，金錢的數字，都是可以量化的。

從一開始他就明白，湯糰不過是在利用他而已。柳原也逐漸發現，越是有女人味的女性，就越有女人的心計。湯糰的心計就在於她不急於表現出自己的野心。

眞是想不到，長著一張可愛的娃娃臉的女子，會藏那麼緬深的心計。她不動聲色地結識了范柳原在英國的所有世家子弟，在心裡已經策畫好了她的人生道路，而且在柳原的眼皮底下開始她的表演。現在想來，這也是她心計的一部分，對於男人來說，最大的恥辱還不是戴綠帽子，而是與女性計較和鬥氣。范柳原自認自己是一個男人，是男人就應該不屑於女人的用意。他看出來了，所以他網開一面，給湯糰騰出了位置，讓湯糰去爭取她的最佳人生之路。誰讓他是男人，在女人要求解救自己時應該讓路。又誰讓她是女人，總是在最關鍵的時候要靠男人的支撐。

想到此，柳原也就平息了上當的感覺。

但柳原的私心裡，對流蘇的敬意超出了對流蘇的愛憐。以前不是這樣。當年追求流蘇時，是流蘇喚起了他對想像中的家園的熱情。他一直在異國流浪，他庶出的地位使他在哪裡都沒有歸宿感和家園感。在流蘇的身上，他卻毫無來由地找到了家的感覺。

但這感覺沒有堅持多久。他是在經歷了香港戰亂時，才知道流蘇是有一顆禁得起折磨的心的。

他不是因爲流蘇能禁得起而棄她離去，而是因了她的堅強而相信她能禁得起。

就這樣，流蘇成了最終使他懺悔的人。

來到英國以後，柳原就後悔了。

也只能是後悔而已，他范柳原出身不能選擇，但是路數都是自己選擇的。人就這麼一輩子，走到哪裡就是哪裡。哪裡容得下他的回頭。

沒有可回頭的路。

他也有過新的情愛，然而，在這種懺悔的昏黃背景下，一切情愛都會被襯托得沒有顏色。好像是一場爲了結束的晚宴，再豐盛，也能吃出它的蒼涼來。

柳原是宿命的。他覺得他的一生就像他的母親一樣，永遠只能生活在非正式的狀態中。正是因了這種宿命感，使得他對誰也認眞不起來。

來到英國後，他結過兩次婚。第一次堅持了兩年，妻子是中學老師，是

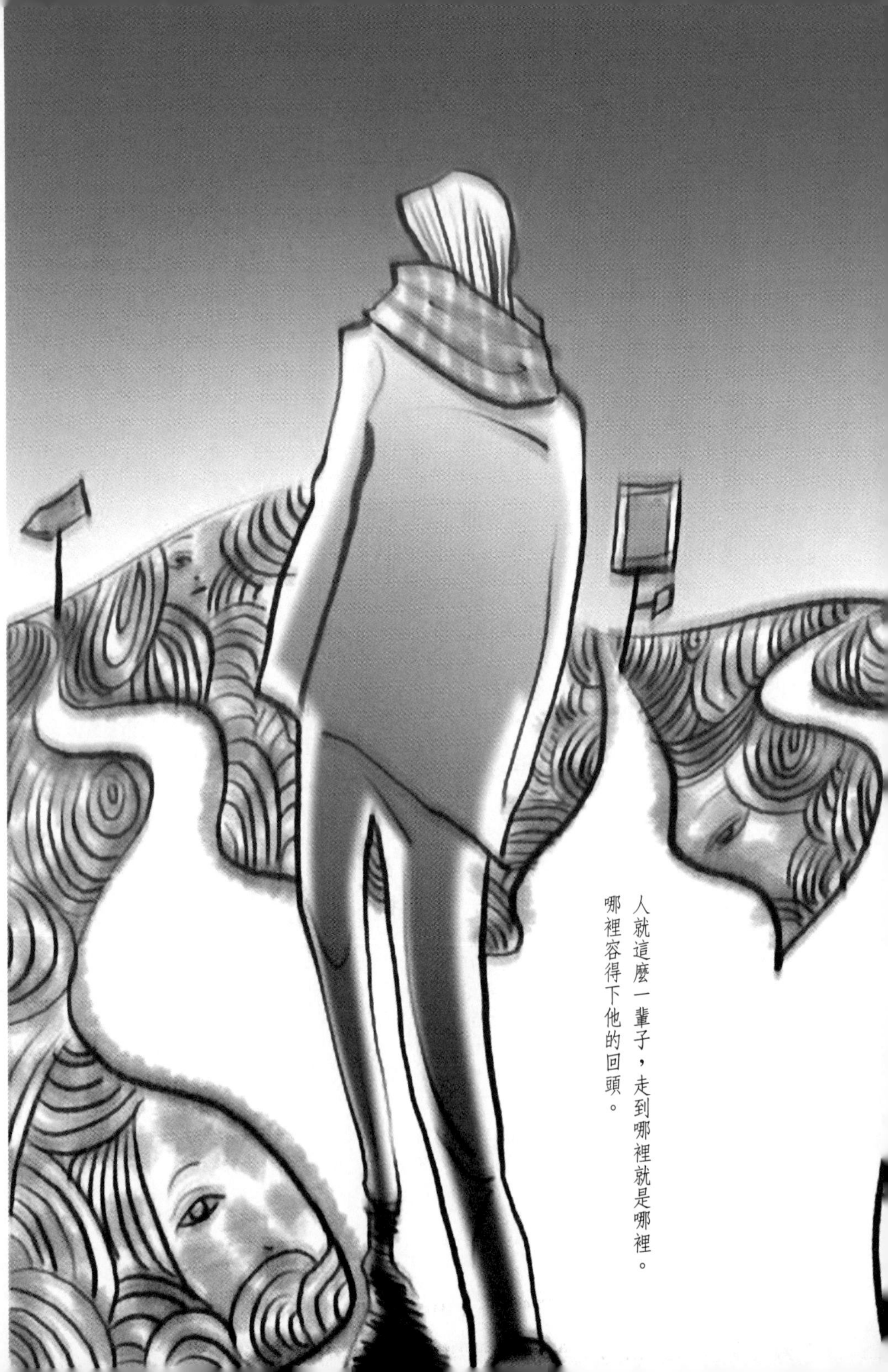

人就這麼一輩子，走到哪裡就是哪裡。
哪裡容得下他的回頭。

他在花完了他的財產後第一次謀生的學校。那兩年他好像沒有魂了一樣，不知道自己從何處來，要到何處去。年長他幾歲的英國女教師的安詳，讓他有了一種似曾相識的感覺。就是爲了確認這一感覺，他與英國女教師先同居，後結婚，前後一共兩年。這期間他規規矩矩地教了兩年中文。

突然有一天，他知道了，他這是在回味他還沒有品完的第一次的婚姻。他和流蘇的婚姻。他很奇怪自己的選擇，跑到了英國，心負流蘇，只是爲了再尋找一個影子？這實在是太荒唐了。這根本就不是范柳原應有的作爲。

范柳原決不纏綿。如果他想過與白流蘇的日子，他還不如回到香港，去找流蘇。他知道，流蘇的這一輩子是結束了。因爲他而結束。

但他是回不去的。哲人們最愛說的一句哲理是什麼來著，人一生不能兩次進入相同的一條河。

他回不去了，他也不願意在過去的影子裡生活。

他又一次背叛了一個愛他的人。

有了流蘇的大背景，范柳原是沒有什麼歉意的。對誰都沒有。

他又離開英國，去了西非，到了墨西哥，甚至還去了埃及。這些流浪漢的生活更加劇了他的孤獨感。想一想，柳原這一生中最可怕的就是他的孤獨。有人的時候孤獨，沒有人的時候更孤獨。

後來，在他漸漸又有了一些生氣時，他又回到了英國。這一次，他想徹底忘記以前那些讓他想起來多少有些不舒服的事情。最多也就是不舒服。在柳原的骨子裡，他不是輕易否定自己的人。他看透了人生，能夠自己支配的也就是那一點點，他不可能用那一點點可支配的人生，來換取一些虛幻的感情。

這一次，他找了一個比他年輕得多的英國姑娘。

說起來還是華裔。只不過到了她的身上僅剩下了四分之一的華人血統。所以，看起來有一種混血兒的惑人魅力。這個叫安吉拉的女孩身上另有四分之一的非洲血統，便使她有一種吉普賽女郎的爽快奔放。她看中范柳原完全是爲了她想像中的中國美男子。原來，她的祖父也僅是一個典型的廣東人，使她

對畫片中梅蘭芳似的中國男人有一種天生的好奇心。她遇到范柳原時，正是范柳原遠離女人多年後的飢渴時期，面對安吉拉表情豐富的美貌，他迫不及待地施展出了他許久不用的含情脈脈。在安吉拉的眼裡，這太像畫報裡那個含情脈脈的梅蘭芳了。

兩人幾乎是在瞬間完成了各自的驚喜般的選擇。

但安吉拉的這種好奇心堅持不了多久。此時的范柳原無論是從經濟上還是在體力上都不能與他年輕時的風流倜儻相比。含情脈脈也是需要有背景的，沒有經濟的背景，也要有青春的資本。對一個已過下午茶的男人來說，失去了這兩樣東西，就會形成一種百般無奈的局面。那是你想遮擋也遮擋不了的。

安吉拉走近了范柳原，才發現了這位中國男人的死板。他怎麼那麼愛生氣。比女人還愛生氣。你還沒有做什麼，他就有一副好像你丟了他人的憤怒。他甚至都沒有幽默感。與一個沒有幽默感的男人在一起生活，實在是生活中最不堪忍受的事情。

安吉拉沒有打招呼就失蹤了。

如果把同居的這一年也算做是結婚的話，是范柳原在英國的第二次婚姻了。

好在這一次也沒有什麼更值得回憶的東西。倒是這一次再清楚不過地提醒了范柳原，他的有活力的生命就到此了。

是的，他已經厭倦了，是對自己的厭倦。沒有力氣去追求自己所喜愛的，也沒有耐心去容忍自己所不愛的。去招惹別人不快不說，還徒給自己留下許多不利的證據，一次比一次證明自己的不行。

是整個的不行。從一開始就不行。

有了這個念頭後，范柳原反而安靜下來。

他提前過上了一種退休的閒散的日子。在一家博物館做中文資料員，不多的錢，剛好夠他一個人的生活，可以買不傷身體的小醉。

他就在這小醉裡，一遍又一遍地體味他的逝去的一生。

斷線的風箏

范柳原小醉過幾次後，便清醒地知道了他是在那裡不行的。

柳原仍舊是一人在英倫飄著，他總想找到那斷掉的線頭。找到了，無奈流蘇不肯接上。

他嘗試著去聯繫了幾次。流蘇只是不予回應。他知道，這是流蘇眞正地拒絕了他。一旦意識到這一點，那昏黃的背景，便一下淹沒了柳原所有的生活，使他頓時進入了晚年的老景。

黃昏的生活不好過。不在於淒涼和孤獨，而在於有一種後悔是於事無補的。范柳原作夢也沒有想到自己在異國惦記的仍是那個當年他無意中迎娶的上海女人。

白流蘇。

白流蘇成爲范柳原剩餘生活中惟一不絕的回憶源泉。

范柳原的每一次小醉，就能點點滴滴串起對流蘇的所有的想念。

一開始，范柳原以爲這不過是自己進入老年的一種跡象，以回憶往事來打發剩餘的時光。可是越到後來他越清醒地意識到，他失去的眞是一個最不該失去的女人。

流蘇的通情達理，流蘇的不事張揚，和流蘇融會著一個大都市過去與未來的內涵，流蘇的好，是你離開她才能慢慢體會到的。她能與

你幽默得起來，這一點對一個女人尤為可貴。幽默是什麼，幽默是智慧，幽默也是一種善良，要有多大的諒解才能真正化不快為一笑。仔細想來，范柳原離開流蘇以後，就沒有再碰上一個能及上流蘇懂得幽默的女人。

想通了這一點以後，柳原如卸重負。

憑什麼你就能擁有好的女人。流蘇是不該理他。如果流蘇輕易就容納了柳原，柳原大概還發現不了流蘇的好。人生的全部遺憾就在於沒有回頭路。即使你回頭了，也不是你要走的那一條路了。

柳原決定把對流蘇的思念以一種形式記錄下來，以紀念他與流蘇短暫的一場。如果上蒼對他恩寵，能夠碰巧將他的紀錄轉給流蘇，那將是他對流蘇的最大的報答了。

在以後近三年的日子裡，博物館中文室的資料桌上，就能經常看到一個

柳原決定把對流蘇的思念以一種形式記錄下來，
以紀念他與流蘇短暫的一場。

瘦弱的身子伏在桌案上，在那裡兢兢業業地寫著什麼。

寫作本身是一種快樂，這是柳原沒有料到的。到了這個時候，他還有心情想，早知如此，他也許最適合做的事情，就是做一個職業的寫手了。

他寫給了流蘇近一百封不可能發出的情書。不，更準確地說，應該是懺情書。他想到哪裡就寫到哪裡，沒有任何構思，也沒有任何計畫。他的主題就是思念流蘇，憶他們似水流年，尤其是婚前住在淺水灣的那段「傾城之戀」的時光。

那是他與流蘇的初戀。但絕不是他們各自的初戀。惟其如此，才使他們的愛情具有了智慧的魅力，那眞的是一場情感與智慧交融的較量。如果愛情是在眞空裡的，那只能是一個美麗的童話。童話只適合給未成年的少年看，而對於成熟的人來說，沒有比一場深陷其中的愛情更有魅力的，也更讓人難以忘懷的了。

寫到後來，柳原覺得他再寫下去，就有爲寫而寫的情感需要了。就像一個人吸毒上癮一樣，不寫就不能開懷。這不好，柳原想，這本身就有損他與流蘇的感情。儘管只是存在在紙上的感情，但這感情在現存信箋上確是眞誠的。柳原縱有千條不是，他有一個最大的優點，就是他不作假。而且，他知道，他能夠雖處落魄但尊嚴仍在，就是因爲他不再癡迷。

如果你對一樣東西過於癡迷，你會爲它付出你最珍貴的東西。柳原是對自由不羈癡迷的，但他付出的代價就是丟失了流蘇。

對范柳原來說，丟失了流蘇就意味著丟失了他的魂魄。一個人的靈魂到底是不是存在的，以前的范柳原是不相信魂魄之說的。但經歷了一生的情感履歷後，他開始相信了。要不，他的生活爲什麼總是這樣的輕飄。不是沒有生命的輕，而是使生命總有點兒飄的輕。就像在美國西部的公路上將車開到一八〇邁（英里，一英里＝一·六〇九三公里）後，整個車身一片羽毛般的輕飄。有科學的消息說，人的靈魂也是物質性的，這就是說，靈魂也是可以量化的，有人甚至說是有七兩重。看到這則消息時，范柳原笑了，他想，難道他的靈魂就缺了這七兩？

范柳原究竟是什麼時候死去的，誰也不知道。只知道在他還沒有從博物館退休時，他已將他的一紮懺情錄託人捎給了白流蘇。

一個偶然的機會，柳原知道了白流蘇的近況，還知道她現在的夫君雖然比她年齡小但待她很好，她的生活也很安靜。柳原知道，流蘇的要求並不高，她目前的生活正是她的所需。他不能攪亂她。但他想把他對流蘇的一些感想交給流蘇，交給了她，他也就心安了。

信札託一個上海籍的老報人黃先生交給流蘇的。黃先生是柳原的一個遠房親戚。從他那裡柳原還知道了流蘇的電話。他是下了多少決心，才終於撥通了流蘇的電話。

接電話的正是流蘇本人。他試探著叫了一聲「流蘇」，聲音雖然微小，但也能聽出來聲音裡的顫抖。流蘇的那邊卻是漫漫無際的沉默。范柳原知道了，流蘇聽出了他，正因爲是聽出了他，才有了深夜般黑洞洞的空洞。這也是流蘇對他的惟一的回答了。

上海老報人回信說，要他放心，信札是轉給了流蘇。柳原自己苦笑一下，他有什麼不放心的。那些看起來有點兒像言情小說般的日記、信札，實際上也是寫給他自己看的。行走的自己寫給沉默的自己看。

他覺得，他已經徹底輕鬆了，在這個世界上，他了無牽掛，一了百了。

沒有人知道范柳原的最後結局。

就連最後與他通過電話的老報人也沒有他的消息。電話打過去，對方說早就搬走了。再找，也就找不到了。

范柳原像空氣一樣消失在英國，沒有人悼念他，也沒有人惦記他。而他的那些寄託了他一生情思的信札實際上還在老報人的手上。因爲流蘇不願意

在這個世界上，
他了無牽掛，一了百了。

收，老報人也只好先留著，又怕柳原傷心，便謊稱已給了流蘇。厚道的老報人，已經看出了范柳原的喪魂失魄的模樣。那樣平靜得沒有一點兒欲望的人，想必是心中惟一念想絕滅了。

老報人是看著范柳原長大的。他知道年輕時的范柳原是多麼放浪不羈，但閱歷豐富的老報人還是承認，范柳原是這個世界上的老實人。他的老實就在於他不懂得人的一些欲望有時是不能都要滿足的。有時就是想滿足也不應該滿足。

他從范柳原的身上又一次體會了中國文化裡的中庸之精髓，凡事不能做絕。事情到了盡頭，就沒有回旋的餘地了。

老報人在香港的大公報上寫了一篇紀念范柳原的駢文。這種文章也只有他這樣的尚存於世的老人們才能讀得懂。而范柳原不過是香港以前情場上的一個過客，又有誰會知道他？又有誰能念著他呢？他被他自己打敗了，被他那不知道惜福的落拓不羈的性格打敗了。

知道他的那位淑雅的白小姐，看起來又被他傷透了心，憑一篇這樣老朽文章又豈能打動她？

罷了罷了，范柳原的一生有老人的一篇駢文的嘮叨，也算是他在世上的一個留影吧。

人生如夢

白流蘇是在范柳原去世幾年後才得到他留給她的信札的。她先是從一位來自英國的遠房親戚的閒聊中聽到了范柳原的結局。

那是幾年前，從英國來了一位上海的晚輩。他是從英國劍橋大學留學後到香港大學任教的。到達香港後，就給流蘇打電話，說在劍橋遇見了一個怪人。

那位在劍橋大學教漢語的上海晚輩說，他們學校的圖書館有一位來自香港的管理員，非常清峻，就像前清遺老樣地愛穿中式的服裝。人們稱他爲范先生。范先生很奇怪，不願說話，但總是對人微笑。他知道這位教漢語的留學生是來自上海後，對這位留學生格外親熱。閒聊中，他無意透露出他有一個香港親戚叫白流蘇。范先生好像對白流蘇很感興趣，不斷地問起近況。其實，這位晚輩也沒有見過他的姑奶奶，只不過是聽上海的長輩們常常地提到

白流蘇是在范柳原去世幾年後才得到他留給她的信札的。

她，很有傳奇色彩的。

范先生卻說了一句話，他說，你的這位姑奶奶最不喜歡的就是傳奇色彩。

再往後，就不見了范先生。後來才聽說，范先生晚上在學校的湖邊散步，失足掉進了湖裡。人打撈上來時，已經凍成了一枝冰棍。

年輕的留學生自己也奇怪，自言自語地說：「眞是奇怪了，那灣湖的湖水根本就不深，不是成心的，哪裡會淹死啊。」

聽到這裡，早就變了臉的流蘇擺擺手，幾乎聽不到聲音地說：

「別說了。」

第二天，流蘇就找出了老報人黃先生的電話，去取來一直放在他那裡的范柳原的信札。

信札很厚，但流蘇沒有看，她不用看也知道這裡面都寫了些什麼。寫什麼對流蘇來說並不重要，重要的是那是范柳原留給她的一點東西。

到了現在的時候，再看年輕時的把戲，流蘇什麼都能理解，也都能諒解。人的一生，說穿了就是風險的一生。你可以說沒有風險就沒有意思，但對流蘇來說，擔了那麼多的風險，最後還不是要將自己的心放在一個安寧的地方。

流蘇以爲，范柳原的悲劇是自己害了自己。

在她的眼裡，人生就是一場沒有結局的戲劇，不管你是主角還是配角，大家的演出時間都是一樣的。范柳原總是在自己的戲劇裡演主角，當他淪爲配角時，他就演不好。

最初的流蘇，與其說是對范柳原的同情，倒不如說是對他的結局的遺憾。范柳原縱有對流蘇的千般不是，也不能選這樣的一個結局啊。

范柳原總是在自己的戲劇裡演主角，
當他淪為配角時，他就演不好。

當然，流蘇不能忽略的是，她眼前的齊致遠。她在香港最後能夠過上一種她曾寄希望於范柳原帶給她的平靜而殷實的生活，都是她不曾希望的齊致遠帶給她的。看到正在書房中把玩他的那些時間精靈的致遠，流蘇覺得，已經故去了的范柳原對她來說僅是一場夢。不是噩夢，而是記憶中的一個異常寒冷陰濕的晚上，沒有陽光，沒有人聲，沒有一絲絲值得心情放鬆的理由。心中的渴望只有一點，那就是企求天快放亮。齊致遠是一剎那間流蘇看到的亮光，流蘇本能地追逐著亮光，這與愛情無關，但與溫情密切聯繫著。

時至今日，當影響流蘇生命的兩個男人都先她而去的時候，她獨自坐在夕陽西下的露台上，讀范柳原的懺情的信，讀半個多世紀以來的情感歷程，她覺得眞有點累。過去的一切恩恩怨怨，在時間面前，都顯得蒼白無力。這一點，她還沒老的時候就已認識到，只不過在她生命的燭火就要熄滅的時候，她更加清醒地意識到這一點。

范柳原的信她看了幾篇，便沒有氣力再看下去。在現在的白流蘇看來，范柳原的一生都沒有長大，他一直在玩青年人的把戲。流蘇年輕時，可以和他玩一玩，在月光下談愛，在斷牆邊吟詩，爲一句話，可以犯傻半生。范柳原到了晚年還在玩，只不過是這一次沒有人陪他了，只有他自己在紙上獨自呻吟。

她一點兒也沒有看出那些讀起來像舊上海鴛鴦蝴蝶派的信有什麼值得可寫

的，就像當年她一點兒都不覺得那個上海小姐比她有什麼過人之處一樣，如果非要說有那只能是年齡差別而已。人生一點兒都不浪漫。

但有一點范柳原已經意識到了，那就是他永遠失去了他最不應該失去的人。流蘇覺得多少有了些快意，覺得梗在她心頭的那麼一點點的不快，也隨著這些快意冰釋了。前幾天，因爲想念致遠，還覺得自己實際恨的是范柳原，因爲只有恨還會讓她不願正視她與范柳原的過去。但現在發現，不管你恨還是不恨，發生過的事情都將存在在你的記憶深處，在不經意的時候跳出來提醒你。

夕陽在最後的時候總是格外絢麗，人們以爲它堅持不了多久了，它又拖延得出奇的長。流蘇甚至覺得今天的夕陽好像格外地胭紅，紅得像是天邊起了火一般，給四周的一切都掛了一層金邊。

看著看著，流蘇的眼前好像蒙上了一層紅色的絲布，這絲布從頭到腳地遮蓋著她，使她有了一種溫暖的窒息。朦朦朧朧中，好像是她在上海舉行的第一次婚禮的場面，對面有個人在向她笑著，是了，這就是她的夫君了，但她看不清楚，這個人太面熟了。走到了跟前，一見，是范柳原，他還是那樣細眉細眼的，不，不，流蘇慌忙向後退，她與他有過一次婚姻了，很恐怖的，她不要。但范柳原上前扯住了她，流蘇剛想掙扎，卻又看見了致遠那張溫和的臉。這一次流蘇沒有害怕，但好像又有點兒失望，心裡面缺了一點什麼。遠處有音樂聲響起，是迎親的隊伍吧，流蘇顧不上再仔細端詳那個向她笑著的致遠，又被更大的紅色雲煙淹沒了。剎那間，流蘇覺得沒有了自己，身體輕飄飄的，隨風而逝，心裡是似喜似悲的委屈。她聽到了她自己最後的聲音：

愛我。

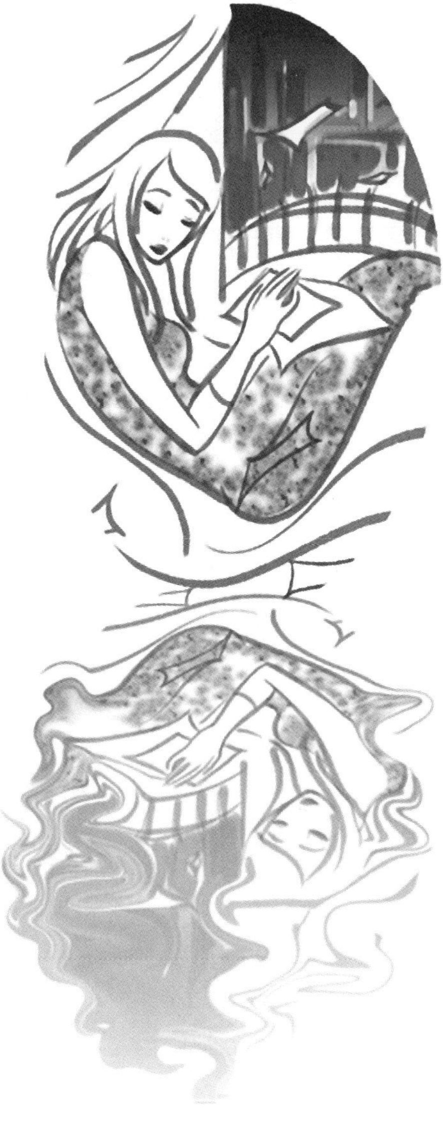

當小香去露台喊大姑姑來家休息時，她發現大姑姑已經睡過去了。睡得那麼香，嘴邊還有微笑，小香想了想，跑進屋裡，給大姑姑拿來了一床大紅的絲棉被子，替她嚴嚴地蓋上，就讓她好好睡一睡吧。

稍晚的時候，一陣涼風吹起，將流蘇手上的一些信札吹得漫天飛揚，這些信在風中輕歌曼舞，慢慢向燈紅酒綠的城裡飄去，那裡自有認得它的人。那是它們的所在。

流蘇和柳原的一生糾葛也在晚風中被吹得無影無蹤了。剩下的，只是一輪千百萬年燃燒著的太陽。今天它將要熄滅了，但明天，太陽照樣在東方升起。

永遠永遠。

35.	長袍春秋——李敖的文字世界	曾遊娜、吳創合著	280元
36.	天機	履　彊著	220元
37.	究極無賴	成英姝著	200元
38.	遠方	駱以軍著	290元
39.	學飛的盟盟	朱天心著	240元
40.	加羅林魚木花開	沈花末著	200元
41.	最後文告	郭　箏著	180元
42.	好個翹課天	郭　箏著	200元
43.	空望	劉大任著	260元
44.	醜行或浪漫	張　煒著	300元
45.	出走	施逢雨著	400元
46.	夜夜夜麻一二	紀蔚然著	180元
47.	桃之夭夭	王安憶著	200元
48.	蒙面叢林	吳音寧、馬訶士著	280元
49.	甕中人	伊格言著	230元
50.	橋上的孩子	陳　雪著	200元
51.	獵人們	朱天心著	即將出版
52.	異議分子	龔鵬程著	380元
53.	布衣生活	劉靜娟著	230元
54.	玫瑰阿修羅	林俊穎著	200元
55.	一人漂流	阮慶岳著	220元
56.	彼岸	王孝廉著	230元
57.	一個青年小說家的誕生	藍博洲著	200元
58	浮生閒情	韓良露著	220元
59.	可臨視堡的風鈴	夏　菁著	280元
60.	比我老的老頭	黃永玉著	280元
61.	海風野火花	楊佳嫻著	230元
62.	家住聖・安哈塔村	丘彥明著	240元
63.	海神家族	陳玉慧著	320元
64.	慢船去中國——范妮	陳丹燕著	300元
65.	慢船去中國——簡妮	陳丹燕著	240元
66.	江山有待	履　彊著	240元
67.	海枯石	李　黎著	240元
68.	我們	駱以軍著	280元
69.	降生十二星座	駱以軍著	180元
70.	嬉戲	紀蔚然著	200元
71.	好久不見——家庭三部曲	紀蔚然著	280元
72.	無傷時代	童偉格著	260元
73.	冬之物語	劉大任著	240元
74.	紅色客家庄	藍博洲著	220元
75.	擦身而過	莫　非著	180元
76.	蝴蝶	陳　雪著	200元
77.	夢中情人	羅智成著	200元
78.	稍縱即逝的印象	王聰威著	240元
79.	時間歸零	林文義著	240元
80.	香港的白流蘇	于　青著	200元

文學叢書 080

香港的白流蘇

作者 于青
總編輯 初安民
責任編輯 陳思妤
美術編輯 許秋山
校對 余淑宜 陳思妤

發行人 張書銘
出版 **INK**印刻出版有限公司
台北縣中和市中正路800號13樓之3
電話：02-22281626
傳真：02-22281598
e-mail:ink.book@msa.hinet.net
法律顧問 漢全國際法律事務所
林春金律師

總經銷 成陽出版股份有限公司
訂購電話：03-3589000
訂購傳真：03-3581688
http://www.sudu.cc
郵政劃撥 19000691 成陽出版股份有限公司
印刷 海王印刷事業股份有限公司

出版日期 2005年2月 初版
2005年2月 初版二刷
ISBN 986-7420-49-7
定價 200元

國家圖書館出版品預行編目資料

香港的白流蘇／于青 著.－－初版，
－－臺北縣中和市：INK印刻，
2005〔民94〕面； 公分（文學叢書；80）

ISBN 986-7420-49-7（平裝）

857.63 94000354